A SOLIDÃO DO AMANHÃ

A SOLIDÃO DO AMANHÃ

HENRIQUE SCHNEIDER

5ª impressão

Porto Alegre • São Paulo • 2025

Creo que mi ciudad ya no tiene consuelo
entre otras cosas porque me ha perdido.

MARIO BENEDETTI,
Ciudad en que no existo

POESIA DO EXÍLIO

NOS TEMPOS SOMBRIOS SE CANTARÁ TAMBÉM? TAMBÉM SE CANTARÁ SOBRE OS TEMPOS SOMBRIOS.

Bertold Brecht

CAPÍTULO 1

NA VOZ DE JORGE AUGUSTO

Os olhos de Cláudio estavam cheios de urgência.

— Tem que ser o senhor, pai. O senhor é a pessoa mais certa para ajudar.

Escutei o apelo do meu filho com o coração repartido: metade dava razão ao moleque, metade ainda tinha a cautela que me impunham estes meus cinquenta anos sóbrios e engravatados, que me davam um ar de seriedade e respeito. Mas se era isso mesmo que me transformava na pessoa certa a ajudar, aquela sobre quem não recairia nenhuma suspeita — pois era esse o argumento maior de Cláudio —, qual a razão de todo aquele temor? O passo sempre correto, a tesouraria da associação dos fiscais, a chefia do departamento, a gravata escura, o terno discreto e grave, os óculos de grau, o casamento com a primeira namorada, a viuvez silenciosa, todo esse conforto um pouco surdo instalado na vida e na família — eu olhava para dentro de mim, agora, enquanto Cláudio esperava a resposta, e pensava no quanto todos esses anos cinzas me haviam enchido de rotina e no quanto esse peso de décadas pendia a balança em favor do receio.

Mas do outro lado da balança havia Fernando. Era para ele que meu filho pedia ajuda.

E enquanto eu pensava na resposta que já se desenhava tranquila, pensava também no garoto da vizinhança, aquele Fernando que crescera na minha casa tanto quanto o meu filho crescera na casa de Fernando. Os dois eram amigos desde a infância, meninos de cinco anos, jogando bola nos campinhos polvarentos do bairro e no gramado proibido da pracinha, voltando para casa puro barro e alegria, vitória mesmo quando perdiam o jogo. Foram juntos à escola, Cláudio brilhando nas matemáticas e Fernando um craque em português, e meio que tinham disputado sem alarde as primeiras namoradas. A socos, só haviam mesmo brigado uma vez, num jogo de goleirinha que todas as tardes instalavam e desinstalavam no meio da rua, e que parte da garotada chamava de Olímpico, a outra de Eucaliptos. Eu lembro: Cláudio entrara em casa com os dois joelhos ralados e os olhos vermelhos de um choro em que existia mais surpresa que qualquer outra coisa, dizendo que o amigo o havia empurrado nos paralelepípedos e tinham resolvido tudo a murros e pancadas. O fato é que ainda ficaram uns dois ou três dias de cara amarrada, um querendo ter mais razão que o outro, mas na semana seguinte já estavam jogando par ou ímpar no estádio improvisado para escolher campo ou bola.

Essa infância também pesa na minha balança.

E os dois — penso eu, nestes poucos segundos em que formulo a justificativa e a resposta para mim mesmo — não haviam descuidado da amizade nem quando começaram a andar por caminhos diferentes e a vida incipiente passou a exigir agendas distintas. Cláudio e Fernando tinham estudado juntos para o vestibular e a festa foi grande nas duas casas quando a Guaíba anunciou, a voz repetida em milhares de nomes, que ambos haviam passado na Federal:

Cláudio em Engenharia Civil e Fernando em Filosofia, curso que para mim — preciso dizer — não tem muita importância prática.

A partir daí, dois anos atrás, os guris se viram menos, envolvidos cada um com suas coisas, cursos, faculdade, compromissos. Cláudio me contou que Fernando estava com uma namorada firme, colega da Filosofia, mas mais não sabia: estavam se falando pouco, comentou. Falta de tempo?, perguntei, e meu filho respondeu que sim, mas não só isso: era mais uma coisa de interesses diversos. As vidas tomam caminhos diferentes, falou ele. Normal, completou — e mais não disse. Desde então, pouco soube de Fernando.

Mas agora esse pedido, o imperativo: eu sou a pessoa certa para ajudar.

Cláudio esqueceu a distância, os rumos distintos da vida sobre os quais havia enigmaticamente albergado os silêncios recentes do amigo, e soube que valiam muito mais as pontes de sempre do que os muros de ocasião. Fernando, o amigo quase irmão, havia pedido. E eu, Jorge Augusto Pereira Santos Filho, respeitável funcionário da Secretaria da Fazenda, quase trinta anos daquilo que se chama de conduta ilibada, nenhuma rasura ou mancha na ficha de empregado, elogios constantes dos superiores, votos de louvor emoldurados na parede de casa, sou a pessoa certa para ajudar.

E sei que sou.

— O Fernando disse que paga a gasolina. Ele tem um pouco de dinheiro — comentou meu filho.

— Bem capaz! — me ouvi dizer. — Imagina se eu vou deixar ele pagar a gasolina! — e naquela hora percebi que havia concordado com a missão.

CAPÍTULO 2

CLÁUDIO É QUEM CONTA

Foi meu pai quem mandou chamar Fernando para conversarmos, os três. Só nós três. Para combinarmos bem a empreitada, me explicou. E para que as combinações ficassem só entre nós. Meu amigo comentou que os pais dele não podiam saber de nada. E completou dizendo que quanto menos eu mesmo soubesse, melhor. Não me disse a razão.

Fernando pediu que conversássemos numa lanchonete do centro e assim fizemos. Ele chegou um pouco depois que a gente — meu pai e eu — já tinha pedido dois cafés. Usava um boné e óculos escuros que escondiam parte do rosto e sentou reto, um pouco tenso, na cadeira que meu pai lhe indicava. Mas dava pra entender; mesmo sem saber o que era tudo aquilo, eu tinha certeza que, se fosse comigo, estaria muito mais nervoso.

— E então, Fernando? Preparado para a aventura? — perguntou meu pai, tentando emprestar certa leveza à missão com a qual havia se compromissado e já sabedor de que nela, burocrata organizado que era, talvez tivesse que tomar algumas rédeas.

— Sim, tio Jorge. Tenho que estar, né? — e ele riu, puxando um maço de cigarros do bolso. Também não pude deixar de rir, estranhado: Fernando cheio de coragem para entrar sem escolha numa viagem incerta e perigosa — ele havia me dito isso — e ainda chamando meu pai de "tio".

— Saímos na sexta-feira, cedo da manhã. Daqui a dois dias, dá tempo de te organizares.

— Certo, vou estar pronto — respondeu Fernando, acendendo o cigarro e buscando o cinzeiro de vidro da mesa ao lado. Depois, repensando um pouco: — Mas na sexta-feira, dia de expediente? Não seria melhor no sábado? Eu posso esperar mais um dia — baixou a voz. — Igual, não estou saindo nunca de casa.

— Não — respondeu meu pai, categórico. — Se acontecer qualquer imprevisto — alguma pane no motor do carro, pneu furado, uma parada pela polícia rodoviária, necessidade de ter que pernoitar no caminho —, é mais fácil justificar uma viagem a trabalho do que dizer que estou levando um marmanjo para passear no sábado — e riu, aquele seu riso sério. — Na sexta de manhã, o Cláudio telefona para a Secretaria e diz que eu estou doente, uma febre alta e dor de barriga forte, mas que segunda-feira vou estar no serviço. Fala com o Sérgio, o subchefe do departamento.

Foi a minha vez de rir: meu pai, o maior caxias da Secretaria, inventando uma mentira para não trabalhar. Mas ele me travou, mão espalmada no ar:

— Não ri, Cláudio. Só estou fazendo isso por vocês.

— Desculpa — e resolvi não falar mais nada.

— Partimos na sexta de manhã, no horário em que eu geralmente saio para o trabalho, talvez um pouco mais cedo. Assim, tem menos chance de qualquer comentário da vizinhança. Eu vou estar de gravata e fatiota, como sempre. Afinal, é uma viagem a trabalho... — e, apontando para

Fernando: — Bota uma gravata, também. Se acontecer qualquer imprevisto, te apresento como meu auxiliar na Secretaria.

Outra invenção, pensei: meu pai estava se saindo um bom mentiroso.

— Certo, tio Jorge — e, olhando então para mim: — Me empresta uma?

Respondi que sim. Tenho duas gravatas escuras, Fernando pode ficar com uma.

— Outro ponto importante — continuou meu pai. — Leva pouca coisa. O resto da tua viagem provavelmente não vai ser no conforto de uma Variant com painel revestido em jacarandá — e ele riu, me surpreendendo um pouco mais.

— Sim, claro. Vou levar só uma mochilinha. Umas mudas de roupas, documento, um ou dois livros. O resto, mais adiante, os companheiros me conseguem.

Meu pai sacudiu o braço de um lado ao outro, o dedo apontado para cima, imperativo.

— Não sei quem são esses companheiros. E mais: não quero saber! Quanto menos eu souber, melhor! Só estou te levando porque te conheço desde guri.

— Claro, tio — aquiesceu Fernando, respeitoso.

— E vamos já deixar combinado — continuou meu pai. — A viagem vai ser longa, o dia inteiro na estrada. Vamos falar da paisagem, do tempo, de futebol, dos buracos da rodovia, do teu namoro. Podemos falar sobre muitos assuntos, certo?

Fernando concordou em silêncio, um pouco envergonhado, apenas sacudindo a cabeça.

— Mas de política, não — concluiu meu pai. — De política não vamos falar.

CAPÍTULO 3

A PRIMEIRA FALA DO NARRADOR

Antes das sete da manhã, engravatado e ansioso, Fernando esperava Jorge Augusto no ponto de ônibus combinado, cinco quarteirões adiante de onde morava — nenhum vizinho para cumprimentar. Modificara o caminho, indo por outras ruas, e andara com todo o cuidado, prestando atenção a que ninguém o seguisse. Ao seu lado, no chão, a pequena mochila de lona verde que havia surrupiado da despensa onde o pai também guardava seus apetrechos de pesca. Saíra muito cedo, ainda antes de amanhecer, num silêncio cuidadoso e lento, abrindo sem ruídos a porta do chalé e torcendo para que a mãe, sono leve desde sempre, não despertasse. Havia pensado numa desculpa, caso ela acordasse, mas não sabia se conseguiria contá-la.

Fechara devagar a porta da entrada. Tinha ficado ainda um tempo parado na pequena área em frente à casa, mirando na escuridão o gramadinho bem cuidado, os três canteirinhos de flores aos quais a mãe emprestava a leveza das mãos, o corredor cimentado que levava ao portão, apenas para guardá-los no olhar. Depois voltou-se e acariciou com leveza a madeira branca da porta, espécie de cumprimento último, como se naquele estranho afago estivesse o abraço que noite passada não pudera dar no pai e na mãe. Dera apenas um beijo de boa noite em ambos, como se nada de diferente houvesse, e então passara a madrugada inteira acordado.

No breu do caminho na manhã que ainda iniciava, ele andara devagar, olhando amiúde para trás, aumentando o percurso e passando o tempo, até chegar ao ponto. Agora, como se aguardasse o ônibus para o centro, olhava aquela paisagem tão cotidiana e à qual nunca prestara maior atenção, percebendo que existia certa beleza desordenada nas casinhas com seus pátios e cães, os chalés pintados de verde, azul-claro, amarelo e que se estendiam por quarteirões e quarteirões, entremeados pelas alvenarias recentes e um ou outro prédio mais baixo. Por quanto tempo não teria mais aos olhos esse cenário? E qual a paisagem que o esperava nos tempos seguintes, quais campos ou vielas, quantos porões ou quitinetes, cafés ou estradas? Quais as lutas que o esperavam — e onde? Quantos nomes ainda o aguardavam, perguntou-se, apalpando o bolso do paletó onde repousava, novo e quase cheirando a tinta, o passaporte que recebera há poucos dias, já carimbado.

Teve vontade de olhar o documento ainda outra vez, curiosidade juvenil, mas achou melhor não fazê-lo. Havia observado tantas vezes aquela cadernetinha, trancado em seu quarto, e já decorara tudo o que nela existia — nome, data de nascimento, os detalhes da fotografia, os dados aos quais ainda teria que se acostumar, a imponência do brasão. Mais: era melhor não exibi-lo na rua, aos olhos de qualquer pessoa — e Fernando reparou em volta, novamente atento, aquela atenção misturada ao medo que desde o inferno dos dias de prisão o acompanhava em todas as horas e lugares.

E não era um medo imaginário, era real — terror que agora o expulsava.

E hoje o medo tinha tantas mais razões: o afastamento dos companheiros e da luta, a solidão, os quilômetros pela frente, a Porto Alegre que ficaria para trás, o perigo do caminho, e depois aquela incerteza inteira sobre a qual teria que se lançar confiando em quem sequer conhecia, mas que já sabia serem seus irmãos — o medo ficava menor assim.

(E a angústia do tempo — quanto tempo seria preciso?)

Estaria mais seguro, era certo, com esses companheiros cuja língua pouco entendia e nada falava. A vida em Porto Alegre havia se tornado um perigo para ele e os seus, e às ameaças reais juntavam-se também as imaginárias — a pessoa que se aproximava do ponto de ônibus, o velho que levantava a vidraça da casa do outro lado da rua, as duas senhoras que tão cedo já conversavam no portão, o homem que caminhara meio minuto atrás de si até ultrapassá-lo, o dono do armazém que agora abria as suas portas, o moço que já tentava a sorte com seu balaio de doces, alguém que talvez o esperasse se ele dobrasse a esquina, qualquer olhar mais demorado. Um inferno cheio de temores. Porque nem sabia se as ameaças imaginárias eram mesmo assim — quem poderia ser o homem que abria a janela? Não queria ter esses medos, quem quer mudar o mundo não pode tê-los — mas tinha.

A Variant de Jorge Augusto parou alguns metros após o ponto de ônibus e ele apertou de leve a buzina. Fernando foi até o carro, carregando a mochila, o passo desconfortável que lhe causavam os sapatos pretos e a fatiota engravatada.

— Bom dia, Fernando! Vai para o centro? — o diálogo ensaiado, a combinação mantida mesmo sem ninguém por perto.

— Bom dia! Sim, preciso ir numa repartição encaminhar uns documentos. Por isso este meu traje — e Fernando apontou para si mesmo.

— Então entra aí. Te dou uma carona — e esticando o braço, abriu a porta ao caroneiro.

Fernando entrou e, quando cuidadosamente fechou a porta do carro, perguntou-se com certa angústia quando pisaria de novo o chão de Porto Alegre. Baixou o vidro da janela e olhou para fora, como se quisesse enxergar na areia da calçada a marca dos seus sapatos e como se elas fossem suficientes para dizer "estive aqui". E quando daí a pouco o vento levasse essas marcas ou elas se misturassem às marcas de outros sapatos, o que restaria? Mas Jorge Augusto interrompeu a inquietude, enquanto já colocava a Variant em marcha:

— Fecha o vidro que é melhor. Direto ao centro então — e quando o carro, janelas novamente fechadas, havia andado uns suficientes e protegidos metros: — E depois direto a Aceguá.

CAPÍTULO 4

A CIDADE QUE FALA E A QUE NÃO FALA

Amanheceu há poucas horas nesta mui leal e valorosa capital e não há canto da cidade sobre o qual o sol não tente se espalhar. É sexta-feira em toda a cidade, e em toda a cidade há algo de sol.

Ainda que seja sexta, há uma espécie de preguiça boa, prenúncio de fim de semana, e a cidade se move com certa lentidão, como se relutasse um pouco a sair ao trabalho. Alguém estende as roupas no varal do pátio ou na janela do apartamento e outro alguém anda até o açougue ou ao mercadinho, cumprimentando os vizinhos e conversando sobre a carestia ou sobre o tempo, pronto para comprar os bifes para o almoço, santa paz. As chaleiras esquentam a água para o chimarrão ou o café, João ou Maria estão lendo o jornal ou pensando na vida antes de ir para a loja ou o escritório — o pessoal das fábricas já está no trabalho. O aposentado coloca no gramadinho do pátio a cadeira de praia e apenas senta-se ao sol por uns minutos, sentindo o tempo de não fazer nada e acolhendo mansamente as festas do Rex e do Ríntim, alegria perene de cachorros sacudindo a cauda e o corpo inteiro. Quem tem bergamoteira em casa colhe duas ou três bergamotas para levá-las como lanche ou comê-las mais adiante à sombra da própria árvore e depois entrar em casa com todo o aroma da fruta, santa paz. O escriturário dá o nó na gravata e borrifa um pouquinho de perfume no pescoço e nas costas das mãos, depois esfrega-as suavemente ao longo dos braços. A moça coloca na vitrola o elepê do Chico Buarque, que saiu no ano passado, e cantarola *Construção* num desafino bonito e emocionado, enquanto pensa ainda outra vez como alguém consegue compor uma música tão, tão... e lhe falta a palavra. Mario Quintana dorme o seu sono de poeta, dormirá até mais tarde, santa paz; Érico Veríssimo e Mafalda já acordaram há tempo e deram, como de costume, a sua caminhada simples de casal feliz. Armindo e Cristina colocam os moleques na cachorreira do Fusca e ligam o carro na garagem; ele ficará no serviço e ela vai se aventurar no volante para visitar os parentes que moram em Viamão, e mesmo com os estouros ritmados do automóvel que esquenta e a algazarra infante e barulhenta dos filhos, é tanta paz. Alguém senta na poltrona clara, ao lado da janela, aproveitando o silêncio da casa agora que os filhos saíram para a escola, e põe-se a ler o livro, avançando aos pouquinhos, já com certa tristeza só pelo fato de estar no fim. Sentado na grama, um homem olha as águas quase turvas e sempre lindas desse rio que dizem que é lago mas que sabe que é rio, enquanto faz com os dedos distraídos uns pequenos buracos na terra, santa paz. A moça coloca *Construção* novamente e novamente não consegue dizer o quanto é maravilhosa a música. Valdomiro está chegando para treinar no Beira-Rio e Pedro Carneiro Pereira já chegou à Rádio Guaíba. Dyonélio entra na igreja e pede ao nazareno que o ajude a pagar as dívidas e sobre para o leite do menino em casa. Gilda Marinho, esfuziante em seus setenta e dois anos, deitou-se há pouco, depois de uma noite inteira de fumaças e cartas no Clube do Comércio, onde talvez seja a única pessoa a ter entrada sempre permitida sem nunca ter sido sócia. A mãe de Fernando acordou há tempo e está colocando a roupa para lavar, seu pai olha o relógio enquanto espera o ônibus que costumeiramente atrasa. Dois garotos apostam corrida de uma esquina a outra e correm ambos às gargalhadas, pouco importa quem vença. O avô pensa na visita da neta e sorri: daqui a uma hora ela chega. Vagarosamente, ela vira a página do livro. O moço da casa ao lado se ajoelha ao lado da terra fofa da horta e tira com cuidados de artesão os pequenos inços que circundam os pés de salsinha e de manjericão, de manjerona e alecrim, nomes de poesia, santa paz. A mulher pensa na saudade dos lugares vazios, os olhos marejados por causa da sonata tão bela que o vizinho do apartamento ao lado toca no piano. Na Secretaria, alguém comenta que estranho que Jorge Augusto ainda não chegou, mas o subchefe do departamento responde que ele estava indisposto e hoje iria faltar, e o pessoal comenta, mais divertido do que preocupado, a inédita ausência daquele caxias. O menino que venceu a corrida ainda ri, o que perdeu agora está bem sério e diz que o primeiro trapaceou, talvez briguem um pouco mais adiante e depois voltarão às boas. Maria Lídia dorme segurando a carta que Caio lhe mandou — chorou de saudade enquanto a lia, talvez tenha adormecido chorando. O cachorro dorme na soleira da porta do armazém, quem quiser que passe por cima, santa paz.

    A santa paz que se debruça sobre a calma da cidade ainda meio provinciana, a paz que os olhos comuns enxergam.

Mas há outra cidade, que os olhos comuns não veem e onde não se estende o sol e de onde não se sabe se é sexta ou terça ou domingo, cidade que vive sob e também sobre essa cidade tranquila, sem que ela saiba: uma cidade de porões e violência, de torturas clandestinas, de óculos escuros e pau de arara, de ilhas e mãos amarradas, de interrogatórios e medos, de fugas e exílios, de censura e proibições, de ameaças feitas e cumpridas, de verdugos à paisana ou de uniforme, de mortes e sumiços, cidade onde a maldade existe só por maldade e que se repete em tantas outras cidades.

Nesta cidade, que também vive em Porto Alegre e agora expulsa Fernando, não há santa paz.

CAPÍTULO 5

FERNANDO, NAS (MÁS) LEMBRANÇAS

Bater na porta foi o último gesto de — vá lá! — cortesia que eles tiveram, ainda que nas pancadas na madeira soasse a urgência que costumam ter as tragédias quando se anunciam. Minha mãe gritou "já vai" da cozinha, talvez assustada com a bruteza das batidas, e eu comecei rápido a me limpar, porque bem adivinhava o que estava para acontecer e, àquela altura, apenas não queria que me pegassem de calças arriadas e sentado no vaso sanitário. Nem puxei a descarga, na esperança impossível de que talvez não me encontrassem se não ouvissem barulho, mesmo sabendo que isso era uma bobagem sem chance, enquanto minha mãe, de pantufas e avental, corria pra abrir a porta onde as pancadas já se repetiam, ainda mais frementes. Quando abriu, soube ainda sem saber que também abria a porta para que entrasse a desgraça do seu filho, e chamou por Nossa Senhora Aparecida quando os quatro maganos, desvestidos de qualquer gentileza, invadiram a casa gritando "polícia".

— Onde está o vagabundo? — perguntou o primeiro deles, que mais adiante eu soube ser o chefe. Não foi uma pergunta: foi um berro, que escutei do banheiro, apavorado, sem que minha mãe sequer soubesse o que responder.

Eles entraram no banheiro como se já conhecessem a casa, enquanto eu, as calças mal postas, desajeitado e inútil, tentava escalar a janelinha alta que dava para a área de serviço.

Eu tive medo naquela hora.

Muito medo. Eu tinha caído. Mas ainda consegui lembrar: se tivesse que dizer algo, que dissesse apenas o que era possível. Era essa a orientação quando alguém caísse.

E meu medo apenas não foi mais forte porque precisei dar conta do desalento sem nome da minha mãe, tanto maior porque não tinha ideia do que estava acontecendo, e só o que enxergava eram aqueles quatro brutamontes de risos ferozes trazendo aos pescoções o seu filho para a sala.

O mais triste foi quando ela, no desespero de não entender nada, me abraçou como se fosse um escudo frágil e pediu aos homens que levassem ela no meu lugar.

— Deixem meu filho, ele é inocente! — chorou ela.

— Inocente, dona? O seu filho? — o que parecia ser o chefe apontou para mim. — O seu filho, dona, esse cagão aqui, é um desses comunistas que querem destruir o nosso país. O seu filho não tem nada de inocente!

Eu gritei que devia ser um engano — as bobagens feitas nessas horas! —, mas um safanão me mandou calar a boca.

— Bico fechado! — ordenou ele. E depois, para a minha mãe: — A senhora sabia que o seu inocente filhinho hospedou aqui na sua casa — e apontou para o assoalho, reforçando a acusação — um subversivo dos mais perigosos do Brasil?

— Não! — minha mãe gritou. E antes que eu pudesse dizer algo, adendou: — Só quem se hospedou aqui foi o primo de um colega do Fernando, que veio de São Paulo e ficou só uma noite! Só esse!

O homem olhou para mim e sorriu, como se gabasse a própria vitória, enquanto minha mãe e eu nos olhamos e soubemos ao mesmo tempo que eu estava derrotado. E minha mãe, além disso, também amargava naquele momento a dupla tristeza de saber que havia entregue ao revés o seu filho único e que esse mesmo filho único havia mentido para ela.

— Sim, é isso. É o primo de um colega meu — respondi, a voz frouxa.

O chefe olhou de novo para mim e nem achou necessário responder nada.

— Onde fica o teu quarto? — perguntou ele, ríspido.

Eu apontei à esquerda, ao final do corredorzinho de madeira, logo depois do quarto dos meus pais. Os homens foram retos naquela direção, despreocupados com minha mãe e me levando a cabresto.

— A senhora fique aqui, dona. Se quiser ajudar seu filho, não saia desse lugar — mandou o chefe; os outros apenas riram, enquanto minha mãe, instalada no seu mudo alquebramento, sentava-se atônita no sofazinho da sala.

— Onde é que tá o material, garoto? — e aquele "garoto" era apenas ironia.

— Qual material? — ousei perguntar, sabendo direito a que ele se referia e sabendo também que eles não encontrariam nada de importante; não havia cartas, livros, cartazes, bilhetes ou panfletos perigosos na minha casa. Nem armas.

— Não te faz de bobo, guri! Tu sabe! Onde é que tu esconde o material todo?

— Não tem nada aqui. O senhor pode revistar tudo — respondi, reunindo a tranquilidade possível.

— É o que a gente vai fazer agora — disse ele, e nos seus olhos apareceu certo brilho de satisfação no qual eu soube outra vez que estava perdido, mesmo que não encontrassem nada. Com um gesto, ele ordenou aos outros que começassem, enquanto se mantinha ao meu lado, sorridente, apenas estudando o tamanho do meu pavor.

Os homens reviraram o meu quarto inteiro sem qualquer preocupação com os móveis, os objetos, nada. Despejaram no chão as roupas que estavam nas gavetas do armário, sempre tão cuidadosamente dobradas por minha mãe, e escarafuncharam o espaço maior do móvel, onde ficavam penduradas as calças e onde eu costumava guardar meus cinco pares de tênis e sapatos. Tiraram do lugar o espelho e o quebraram no chão, buscando quem sabe algum esconderijo secreto na tábua fina em que estava pendurado. Correram as mãos pelas paredes de madeira e pisotearam com força as tábuas do assoalho, a ver se não haveria entre elas qualquer oco, um buraquinho que fosse, onde papéis ou documentos pudessem estar escondidos. Vasculharam a papelada e os livros que estavam em cima da escrivaninha que o pai havia me dado e que era um dos seus orgulhos, porque tinha sido construída à mão, peça por peça e encaixe por encaixe, pelo meu avô. Desencaixaram as duas gavetas do móvel e despejaram no chão tudo que havia lá dentro. Abriram os livros, tentando encontrar neles algum bilhete ou páginas falsas, e também os jogaram no chão. Só aí — quando deixaram cair tudo que estava nas gavetas ou em cima da escrivaninha — consegui perceber que existia método naquela confusão e que pouco importava se encontrariam ou não algum material, porque o intento maior era o de me assustar, do modo mais humilhante possível, a fim de que, quando me levassem, eu fosse apenas um feixe indefeso de nervos, pronto a contar tudo o que soubesse. E o que não soubesse também.

Naquela hora, pensei nos meus companheiros todos e consegui me refazer um pouco: falaria apenas o que estava combinado.

Eu tinha a certeza que eles não achariam nada, porque todos cuidávamos de não ter material em casa. Mas também sabia que isso não fazia a menor diferença: levariam o que fosse, apenas para me levar.

Das coisas que encontraram, só uma me assustou: o rascunho da carta que eu tinha mandado à Clara, sem nunca chamá-la pelo nome, tentando ser mais romântico do que sou, dizendo o quanto a amava e o quanto ela me fazia feliz neste tempo em que estávamos juntos. A carta era bobinha e mal-escrita, mas eles poderiam tomá-la como uma espécie de código, mensagem terrorista travestida de juras de amor. E Clara — Clara era quem havia me levado ao movimento. Eu estava ainda pelas beiradas, às bordas da célula, conhecendo pouco sobre o seu funcionamento. Não tinha certeza de quem eram seus integrantes, nem seus nomes, mesmo os codinomes — só alguns. Sei que é pequena; não há grupos grandes de resistência hoje, estamos todos muito fodidos. Merda, pensei, como sou tonto — enquanto um dos homens colocava a carta numa sacola.

De resto, eram coisas sem importância. Alguns livros do curso; a agenda dos shows no Leopoldina, que eu anotara à mão dias atrás; o desenho que havia ganho de uma amiga; um volume de poesias do Drummond, do qual eu havia recolhido algumas frases e postado na carta à Clara como se fossem minhas; *O vermelho e o negro*, que recolheram apenas por causa do título; uma camiseta do Inter; e o lenço vermelho que estava no fundo da gaveta onde guardo as meias e cuecas.

— E este lenço vermelho? — perguntou o chefe, zombeteiro.

Achei melhor não dizer que meu pai me havia dado aquele lenço; qualquer palavra a mais era agora um perigo.

— Era do meu avô. Ele era maragato — respondi.

— Meu avô também era maragato — comentou o homem, talvez um pouco desarmado. — E com um avô maragato, como é que tu virou comunista?

— O senhor não sabe se eu sou comunista! — foi só o que consegui dizer.

— Isso é o que tu vai explicar na delegacia.

Os homens olharam o material que tinham nas mãos e decidiram que já era suficiente. Não havia necessidade de vasculhar o resto da casa, disse o chefe, até porque era evidente que, num chalezinho daquele tamanho, poucos lugares existiriam onde esconder algo.

Mas quando estávamos saindo do quarto, um deles — o mais feroz — pegou um dos cacos de vidro que estava no chão e encostou ele no meu pescoço, enquanto, com a mão livre, apontava para a minha cama, dedos trementes de fúria.

— Me diz uma coisa, piá de merda. Foi aqui que ele dormiu?

— Ele quem, doutor? — perguntei, apavorado; não havia o que responder se viesse a segunda pergunta.

Ele riscou vagarosamente para baixo o caco de vidro, senti a lâmina pressionando meu pescoço, e foi apenas o pavor que impediu que eu me mexesse.

— Não queira me fazer de otário, guri, que só vai ser pior pra ti — o homem falou baixinho, como se engasgasse as palavras, e nos seus olhos havia um ódio verdadeiro.

— Calma, parceiro — ordenou o que parecia o chefe. — A ordem é levar ele daqui inteirinho.

— Mas só um cortezinho não vai fazer diferença... — comentou o outro, rindo, e percebi que aquela ira, aquele vidro enfiado no meu pescoço, aquelas mãos tão tensas, aquela ameaça de sombra, tudo aquilo talvez fosse apenas uma encenação, algo que me quebrasse ainda mais. E também percebi, com pavor redivivo, que eles estavam conseguindo.

Quando retornamos à sala — eu no meio de dois policiais, de cabeça baixa —, minha mãe já havia se recomposto e, baixinha como era, se postou feito giganta em frente à porta, os braços abertos como se fossem uma tentativa de barreira.

— Os senhores não vão levar o meu filho, ele não fez nada.

O chefe da equipe olhou para aquela figura mirrada e, talvez por ter reconhecido nela a coragem desabrida que só as mães conseguem ter, achou que ela era mesmo apenas a inocente mãe do comunista, e que não deveria sofrer além do que sofria pelas bobagens do filho.

— Minha senhora — disse ele. — Facilite as coisas. Nós vamos levar o seu filho pra delegacia só pra ele esclarecer umas questões. Depois ele volta, são e salvo — e me deu um tapinha no rosto, com certa força contida, à guisa de carinho perverso. — E nós vamos levá-lo, a senhora deixando ou não. Quanto mais a senhora colaborar, melhor vai ser pro seu filho.

— Deixa, mãe. A senhora fique tranquila, que a gente logo vai esclarecer isso tudo e eu volto pra casa — eu disse, sem certeza de nada e meio que sem olhar para ela.

Minha mãe titubeou; era o filho quem pedia. E saiu de frente da porta.

— Mas pra qual delegacia vocês vão levar ele?

— A do Partenon, dona — os homens se entreolharam e, naquela hora, eu soube que iríamos para qualquer lugar do mundo, menos a delegacia do Partenon. Mas não diria isso à minha mãe; de nada adiantaria e eu só iria agravar seu desamparo. Os homens foram saindo, me levando com uns empurrões leves que cresceriam se eu tentasse uma besteira.

Quando já estavam do lado de fora da casa — fechadas todas as janelas da vizinhança —, minha mãe gritou, tentativa última de qualquer coisa:

— Esperem! Os senhores têm mandado? Um documento, um papel?

Os quatro riram, indecentes, e o chefe ordenou:

— Entrega o papel pra ela, Marino — e Marino atirou um envelope timbrado no pátio, longe de onde minha anja da guarda estava, enquanto aos empurrões eles já me jogavam no carro.

Dias depois, quando voltei para casa ainda tonto de medo e desnorteado, minha mãe me contou que não havia nada dentro daquele envelope.

CAPÍTULO 6

FERNANDO AINDA COM A PALAVRA

Quando eu soube que o Wanderley teria que passar a noite na minha casa, vibrei. Uma vibração que era ao mesmo tempo juvenil e militante: hospedar uma das maiores cabeças do quase destruído movimento estudantil de todo o Brasil, o cara cuja palavra clandestina referenciava quem estivesse na luta, era ao mesmo tempo uma espécie de orgulho ao meu coração estudante e a prova de que começava a crescer a confiança dos companheiros em mim, que eu mesmo crescia dentro do movimento.

Me deram as coordenadas: Wanderley estaria no ônibus da Penha que chegaria em Porto Alegre às cinco da tarde. Eu tinha que estar na Rodoviária meia hora antes, para não ter qualquer chance de desencontro, vestindo a camiseta da seleção canarinho, bem patriota, e carregando uma capanga com a mão esquerda. Eu não tinha nem uma nem outra, mas o pessoal logo me arrumou os apetrechos. Por conta da segurança, eu estaria sozinho: tudo comigo, eu que resolvesse qualquer imprevisto. Eu deveria ficar próximo ao portão de chegada do ônibus, de pé. Wanderley me encontraria e, como um passageiro que chegasse pela primeira vez à cidade, perguntaria onde tomar o ônibus para São Leopoldo. Eu responderia "não sei, moro em Guaíba", mas diria a ele para perguntar no guichê de informações, apontando a direção. Pouco depois, eu iria atrás. De lá, pegaríamos o ônibus para a minha casa.

Eu estava ali, como combinado. Suava dentro da camiseta emprestada, e a mão esquerda segurava a tal capanga com tanta força que acho que o dono nunca mais vai conseguir abrir aquela bolsinha. Observei todas as pessoas que desciam do ônibus e desde logo soube quem era o Wanderley: uma espécie de altivez cotidiana, o porte de quem é sempre dono da situação. Ele olhou para os lados, como se fosse um viajante comum que se habitua à primeira paisagem da cidade, e depois andou na minha direção, carregando apenas uma valise pequena. Não olhou para mim em nenhum momento da caminhada. Parou ao meu lado, ainda sem me olhar, colocou a valise no chão e acendeu um cigarro. Só então me encarou, como se me descobrisse naquele instante, e perguntou se eu sabia onde se tomava o ônibus para São Leopoldo.

Pegamos o IAPI e, no trajeto, falamos de amenidades. Como era a primeira vez que ele vinha a Porto Alegre, não foi difícil: perguntava o que era aquilo, o que era isso, disse que tinha achado a rodoviária bem moderna e estava achando a cidade bem arborizada. E tinha achado muito lindo o rio, logo na entrada, plácido sinal de boas vindas.

Falamos, sim, só de coisas triviais, embora tudo o que eu quisesse era perguntar a ele — cujo nome eu sequer sabia, apenas que não era Wanderley — como estava a situação, a tentativa de reorganização do movimento estudantil no centro do país, tão brutalmente desarticulado pela ditadura, a quantas andava a repressão, como andava a resistência, os sindicatos, quem estava preso e quem estava solto, quem havia sumido ou partido ou morrido, quem era verdadeiramente confiável e de quem precisávamos desconfiar, quais os nossos caminhos, essas coisas todas. Mas nada disso: o bigodudo sentado dois bancos à frente tinha jeito de policial, a velhinha ao lado podia ter perigosas conexões, os garotos fazendo alarde no corredor talvez apenas fingissem ser estudantes, o motorista e o cobrador poderiam até ser informantes. Triste ter que desconfiar da velha e suas sacolas, dos meninos que se empurravam no corredor com a alegria das suas juventudes, triste ter que desconfiar do cobrador que outra vez chamava a atenção da meninada.

Em casa, seguimos em levezas, com o café que minha mãe nos preparou e as conversas sobre futebol que Wanderley — que se apresentou como Renato, eu que lembrasse de chamá-lo assim enquanto estivéssemos na minha casa — quis ter com meu pai. Naquele momento, me dei conta de que, para ele, essas conversinhas amenas não eram apenas por conta da segurança, mas também porque lhe eram necessárias — na sua vida de militância sempre tensa eram importantes aqueles breves respiros de normalidade. Ele elogiou o pão de milho que minha mãe havia cozinhado, se deliciou com o gosto do queijo colonial e comentou que nunca tinha tomado um café tão bem passado. Disse que torcia para o Corinthians, mas que, se morasse em Porto Alegre, certamente seria colorado, porque era o clube do povo. Meu pai, para quem a questão de ser ou não um clube do povo pouco importava, mas que torcia para o Internacional e acompanhava todos os jogos pelo rádio, gritando como se estivesse no estádio, logo simpatizou com o visitante. E mesmo quando minha mãe comentou que era engraçado ele vir para uma festa de família ainda no meio da semana, Wanderley não se atrapalhou: disse que era isso mesmo, a festa seria na sexta-feira à noite, mas no dia seguinte já teria lugar na casa do primo. E arrematou dizendo que tinha que agradecer à casa cheia dos parentes, porque senão não teria a sorte desse café tão saboroso — e minha mãe riu, lisonjeada, aquele seu riso simples de dona de casa.

No dia seguinte, depois do café da manhã que minha mãe tinha preparado com certo cuidado especial, daqueles que a gente costuma ter com as visitas importantes, Wanderley e eu saímos, tomamos o ônibus até o centro e eu o deixei no lugar combinado, embaixo do viaduto da Salgado Filho, onde alguém o buscaria para a reunião.

Daí em diante, pouco sei. Ainda sou meio base de apoio, já disse. Só sei de algumas coisas. Não sei quem participou da reunião, quem organizou, qual a pauta e nem onde foi — só sabia que teria de hospedá-lo por uma noite e deixá-lo no centro, era essa a minha missão. E pouca gente sabia disso.

Talvez algum dedo-duro ou boca grande ande entre nós.

CAPÍTULO 7

O NARRADOR VOLTA A FALAR

Jorge Augusto nunca estivera em Aceguá. Sabia apenas que era um distrito longínquo ou algo assim, pertencente a Bagé, cidade onde estivera certa vez, anos atrás, representando a Secretaria na inauguração de uma coordenadoria regional. Fizera discurso elogioso, sinceramente acreditando nas próprias palavras de progresso e ordem, mas também achara tudo longe demais e, na manhã seguinte, logo após o desjejum no hotel, ele e o motorista já estavam voltando a Porto Alegre. Talvez agora a rodovia estivesse melhor, pensou — mas ainda haveria o trecho obscuro até Aceguá, que mal e mal aparecia em alguns mapas, e dessa vez era ele mesmo quem estaria ao volante.

A Variant andava direitinho, bem regulada a setenta, oitenta por hora, mas Jorge Augusto nunca dirigira por distância assim tão grande — seriam quatrocentos e tantos quilômetros. Usava o carro apenas para ir ao trabalho e, em raras ocasiões, para visitar o irmão, que morava em Canoas, viagenzinha que não chegava a levar meia hora. Antes, quando Cláudio era pequeno e Tereza ainda vivia, às vezes iam passar os fins de semana em Bento Gonçalves, onde moravam os pais dela. Depois que a mulher havia morrido — aquela morte absurda, antes dos quarenta anos

—, as visitas à Serra começaram a rarear, um pouco porque era uma espécie de acúmulo de melancolias que não faziam bem a ninguém, outro tanto porque se dera conta, tristemente, que, além das memórias de Tereza, já não tinha o que conversar com aquele casal de velhos. Cláudio, é claro, continuava indo visitar os avós quatro ou cinco vezes por ano, numa viagem de ônibus que durava horas, e voltava sempre com um misto de alegria e amargura.

Mapa rodoviário todo estudado e guardado no porta-luvas do carro, Jorge Augusto já tinha feito uma espécie de pré-organização da viagem, mesmo porque sua meticulosidade não lhe permitia outro jeito: se não houvesse qualquer imprevisto, esticariam até Pantano Grande e lá fariam uma parada para abastecer, tomar um café, certamente ir ao banheiro. Depois, umas duas horas mais tarde, provavelmente ainda conseguiriam almoçar — ou talvez seguissem direto, se não tivessem fome ou mesmo se não encontrassem nenhum restaurante aberto. Mais adiante, quando talvez já estivessem próximos de Bagé, possivelmente outra parada, novamente para abastecer, esticar um pouco as pernas — Jorge Augusto não tinha ideia quantos postos de gasolina existiam no percurso. Depois viajariam por um caminho ainda mais desconhecido e, quando a noite estivesse chegando ou já chegada, entrariam em Aceguá. Deixaria o garoto com alguém que o esperava, conforme a combinação que Jorge Augusto sequer conhecia. Depois, sozinho e certamente cansado da estrada e tensão do dia, esperava encontrar qualquer hotel, pousada ou pensão onde pudesse se acomodar no lugarejo, até a manhã seguinte, bem cedinho. Se não houvesse pouso, teria que voltar a Bagé. E amanhã queria estar de volta em casa e à normalidade.

Uma viagem e tanto, pensava Jorge Augusto. Na sua vida tão ordenada, cheia de rotinas e cotidiano, tranquila em suas obediências, talvez fosse a maior aventura.

E fazia isso tudo porque o rapaz agora ao seu lado, rosto angustiado de quem não sabe o futuro, havia crescido quase dentro de sua casa.

Fora isso, não sabia por que o fazia — e achava mais seguro não saber.

CAPÍTULO 8

FERNANDO EM SEUS MEDOS

Eu nunca tinha ouvido falar em Aceguá. Bagé, sim. Mas pouco sei da cidade. Só que fica no meio do pampa, que é mais ou menos grande e que é longe pra burro. De Porto Alegre até lá são horas e horas de estrada. Sei que na cidade tinha o Grupo de Bagé, Clara me falou sobre eles — uns artistas plásticos que nasceram ou trabalharam lá e que sempre defenderam a popularização da arte. Só por isso já gosto deles. Clara é quem conhece bem — é apaixonada por tudo quanto é tipo de arte. Diz que é transformadora, e concordo com ela: sabe muito, minha namorada.

Mas de Aceguá não conheço nada. Quando Clara me disse que a saída seria por lá, procurei no mapa e me assustei em dobro: não bastava ter que sumir por uns tempos, ainda teria que ser por aquela lonjura de fim de mundo. Mas ela me explicou que era melhor assim: quanto mais distante e pequeno o lugar, menor a vigilância de fronteira. E com fronteira seca, de campo brasileiro a campo uruguaio, fica ainda mais fácil. Ou menos difícil, melhor dizendo. Por isso, Aceguá e seus campos desertos são o lugar perfeito. Não sei nada dos campos de Aceguá, se são mesmo desertos. Então, mais do que nunca, preciso confiar na companheira Clara, ainda que ela mesma não conheça o lugar. Mas os outros companheiros conhecem, sabem como é.

E lá em Aceguá, o Antonio vai me dar a mão necessária. Isso me tranquiliza um pouco.

Porque tenho medo. É fato. Uma coisa é ter vinte e um anos e dividir sonhos e lutas com quem conheço e no lugar onde me movo com facilidade, sei as ruas, tenho minha casa e amigos, uma segurança mínima. Outra coisa é ter estes mesmos vinte e um anos e ter que me atirar meio sozinho ao ignorado, ainda que meus companheiros sejam sempre meus companheiros em qualquer lugar do mundo, que partilhem das mesmas lutas e tenham a mesma fome de pão e liberdade. Queria estar em Porto Alegre, correndo com eles os riscos de todos, até porque sou um zé-ninguém no meio de tudo isso, mas o grupo decidiu que é melhor eu sair, tanto para a minha segurança como pela segurança de todos, inclusive dos meus pais. Preferia ficar, mas organização é organização, e ela só funciona se cada um cumprir suas tarefas e as ordens como forem dadas. E me deram essa ordem, então cumpro. Até porque hoje, em setenta e dois, ser um zé-ninguém em qualquer movimento não é salvo-conduto para nada, as cadeias e os cemitérios estão cheios de gente igual a mim. Só pedi para que eu também estivesse no planejamento da minha saída, porque desde logo soube que a viagem com alguém acima de qualquer suspeita seria mais segura do que com outro companheiro ou desconhecido. Sempre cumpri as ordens e continuo cumprindo.

Com medo, mas cumpro.

Medo não é o mesmo que covardia, e ele esteve sempre presente. Precisa estar. Nas reuniões que participei —

sempre em lugares diferentes —, nas idas à gráfica, nas noites clandestinas, nas mensagens gritadas nos muros, no suor seco dos olhares, na distribuição do material, duzentos, trezentos panfletos para serem colocados nas caixas de correspondência nessa ou naquela rua, nos sinais e nas senhas, nos dias e noites de ação, nas conversas com os poucos companheiros que de verdade conheço e cujos nomes verdadeiros não sei, a gente correndo, fazendo, lutando — e o medo sempre junto, necessário. Ele é parte da luta.

Agora o medo talvez seja outro.

CAPÍTULO 9

O NARRADOR, BREVE

Jorge Augusto e Fernando já estavam há um tempinho na estrada, silêncio que só era quebrado de quando em vez por algum comentário sobre o clima, a paisagem, os buracos da BR, qualquer beleza do caminho. Nenhum dos dois era muito falador e hoje talvez fosse ainda menor o assunto entre eles, pensou Jorge, sabendo desde sempre que a viagem seria mesmo calada, e assim teria que ser. Estar ali já era arriscado o bastante. Mas algo teriam que conversar, ao menos às vezes.

— E então, guri? Me fala da tua namorada — pediu ele.

Fernando saiu um instante da solidão angustiada em que estava, olhou o motorista com carinhosa surpresa e não evitou o sorriso:

— Ah, tio! Se o senhor não quer conversar sobre política, então não posso falar da minha namorada.

CAPÍTULO 10

A VOZ DE CLARA

Desde o início, eu soube que Fernando servia.

Dizer que "servia" pode parecer distante, impessoal, até interesseiro. Mas é mesmo a melhor palavra. Reparei na faculdade, nas primeiras aulas, e disse para mim mesma: esse daí serve. Porque logo percebi nele a vontade e a coragem necessárias. E mais do que isso, um senso de justiça meio inato e que só precisava ser melhor apurado. Na primeira ou na segunda aula, imagine, quando falávamos sobre os princípios da filosofia, ele disse que ela poderia ter uma função libertadora. E concluiu — foi aí que me chamou a atenção — dizendo que o indivíduo libertado tem a possibilidade de libertar o outro. Gostei disso, a maturidade de um piá de vinte anos. Bem simples: senso de justiça, vontade e coragem são a melhor combinação. O resto se aprende. Mas sem isso não adianta estudar e entender o contexto histórico. Então, pensei: esse serve.

Como quem não quisesse nada, fui falar com ele no intervalo. Era fácil, tinha motivo — colegas de curso, eu podia dizer que tinha achado bacana a fala dele na aula. E foi o que fiz. Ele gostou do meu comentário. Ficou um pouco surpreso, mas gostou. A surpresa era óbvia: os homens não estão acostumados que uma mulher puxe papo com eles. Os machos.

Falamos um pouquinho sobre a aula, a faculdade, e daí a pouco consegui convidá-lo para tomar um café sem parecer que eu estava convidando. Melhor: parecendo que era ele quem me convidava. Ele tinha algum tempo, eu também — me lembro que olhei o relógio para parecer indecisa —, e então fomos.

Ficamos mais de uma hora numa lancheria perto da faculdade, conversando sobre todos os assuntos do mundo, economizando as xícaras de café até o ponto de bebê-los frios, porque, sem que tivéssemos que comentar, sabíamos os dois que uma segunda taça significava ficar sem dinheiro para a condução. Os ônibus sempre tão caros nesta Porto Alegre.

Aos pouquinhos, sem parecer um interrogatório, fiz com que me falasse um pouco sobre si e, junto disso, que me trouxesse suas opiniões sobre a vida. Foi bom: a conversa fluiu como se a gente se conhecesse há anos.

E é claro que não se pode ter certeza desde o início, mas de alguma forma eu tive: Fernando tinha tudo para estar conosco; só era preciso moldá-lo com as necessárias lições de História e Justiça.

E disse para mim mesma, enquanto ele me contava uma piada e eu ria com a leveza que há tempos não tinha: esse rapaz logo vai ser nosso companheiro.

Olhei no relógio, dessa vez a sério: eu tinha uma reunião da célula naquela tarde, era a hora de me despedir. Disse a ele que eu precisava encontrar uma amiga, algo assim.

Quando levantei, ele me pediu desculpas pela indelicadeza, mas disse que estava curioso para saber minha idade.

— Não é algo que se pergunte a uma dama — respondi, meio rindo. — Mas te digo: tenho vinte e nove. Quase balzaquiana. E tu? — perguntei.

— Vinte e um — e ele corou.

— Um franguinho — brinquei, e o rosto de Fernando avermelhou ainda mais.

Naquela hora, eu soube que ele estava apaixonado por mim.

E talvez eu também já estivesse apaixonada por ele.

CAPÍTULO 11

AINDA CLARA

As coisas todas têm seus tempos.

Na mesma época em que Fernando e eu principiamos a sair, no meio dos assuntos mais triviais, comecei a me abrir um pouco mais sobre política, as sombras tristes do país e a necessidade de fazer algo. A miséria, gente morrendo de fome. Tacão e sola de botas sobre as cabeças que discordam. Os exílios, a clandestinidade, as perseguições, mortes. Os suicídios de companheiros que não se suicidaram. A resistência e o desmantelamento da resistência. A corrupção. As prisões, os corpos queimados nas valas ou jogados ao mar, as torturas. A censura. E, claro, a proibição de comentar sobre isso.

Fernando percebia que eu falava baixinho e mudava de assunto quando alguém se aproximava: todos os ouvidos podiam ser perigosos. Em qualquer lugar podia haver informantes, distraídos, puxa-sacos, dedos-duros.

A cada nova conversa, eu ia aumentando o tom, esticando a corda dos comentários para ver até onde dava, e ele não fugia do assunto. Até que, com todo o cuidado, falei do nosso grupo. Falei em célula, como se fosse um código. Ele sorriu e disse que já sabia. Me assustei um pouco e perguntei como, se alguém tinha passado pra ele qualquer informação, mas Fernando sacudiu a cabeça, ainda rindo: não era nada disso, que eu não me preocupasse. Ele apenas tinha intuído que, com os discursos sussurrados que eu fazia, não podia ser só um interesse pessoal. Algo maior deveria existir.

— E existe. Agora tu sabe — respondi, aliviada.

Ele foi chegando aos poucos. Na verdade, ainda está chegando. É mais seguro assim, pra todo mundo. Conhece poucos, sabe apenas alguns nomes e codinomes — ele mesmo, na célula, atende por Marcos, e eu sou o maior contato que ele tem. O Fernando participa de algumas reuniões, às vezes até vota, mas faz parte do grupo de apoio. Distribui panfletos, busca material na gráfica, participa de uns atos, picha muros, passa recados, eventualmente hospeda um companheiro. Nada muito além disso. Como eu disse, as coisas têm seus tempos. É uma época de sangue.

Eu mesma, que já ando há anos na militância e no perigo, nem por isso sei de tudo. Instâncias são instâncias e, se alguém cair, não terá tanto a dizer. Não é fácil, é bem complexo — mas é assim que tem que ser. Se a gente não tiver disciplina, nunca vamos conseguir derrubar a milicada.

Fernando é súper disciplinado. Logo entendeu essa questão da hierarquia e soube que era importante respeitar. E foi essa disciplina que fez com que ele aceitasse a ordem, abrindo mão, sabe-se lá por quanto tempo, de tudo o que tem aqui — inclusive de mim. Ele sabe que é o melhor a fazer, ao menos por um tempo, pra segurança dele, da família, de todos nós.

Por isso, tudo foi rápido: os contatos com os companheiros uruguaios, Fernando praticamente entocado dentro de casa, o passaporte falso, o nome novo, a viagem para o Uruguai. A gente precisava dessa urgência. Enquanto isso, nós, que ficamos aqui, vamos nos recolher por um tempo, num silêncio e solidão de cautela, sem reuniões ou atividades e com endereços novos e seguros enquanto a poeira não baixar. O medo, sempre.

CAPÍTULO 12

O NARRADOR, ACOMPANHANDO O MEDO

A estrada estava tranquila, com pouco movimento, e a Variant, sempre cautelosa, viajava em boa marcha o tempo inteiro. Haviam parado numa lanchonete próxima a Butiá para tomar uma xícara de café e comprar água e dois pacotes de bolachas. Assim, era pouco mais de meio-dia quando, com certa fome, chegaram em Pantano Grande. Jorge Augusto, interrompendo um silêncio que já se estendia por alguns quilômetros, disse a Fernando que era o momento de dar nova parada, esticar as pernas, tomar um café para espantar o cansaço, comer algo, fazer xixi e se lavar um pouco do peso da viagem, encher o tanque do carro, limpar o para-brisa dos insetos esmagados.

— Talvez seja melhor eu não descer — comentou Fernando. A cada tempo, uma onda nova de angústia o envolvia, e cada quilômetro avançado nessa imensidão plana e verde lhe dava mais e mais certeza de que não eram apenas Porto Alegre e seu cotidiano que se afastavam, mas sim a vida e a luta de até então. E quando um carro permanecia por mais tempo atrás da Variant, ou quando qualquer sobressalto ou detalhe o fazia lembrar ainda mais que não era uma viagem de passeio, então toda a ansiedade parecia redobrar. Tenho só vinte e um anos, pensava, e estou sendo obrigado a sair do país do qual nunca quis sair. O seu país — um embrulho no estômago.

— Bobagem, guri! Não te preocupa. Só vamos tomar um café, comer algo e já, já seguimos viagem. Ou tu acha que aguenta até o fim sem tirar a água do joelho? — perguntou Jorge, rindo: aquele tipo de expressão era o máximo de informalidade a que se permitia. — E mais: se alguém tiver que desconfiar, vai desconfiar muito mais te vendo parado dentro do carro.

Após abastecer, enquanto manobrava a Variant em direção ao restaurante logo ao lado, Jorge Augusto teve vontade de reclamar do absurdo que estava o preço da gasolina. Mas isso seria falar de política, então resolveu guardar o comentário para si mesmo.

Quando estacionaram, Fernando pensou novamente em ficar no carro. Restaurante grande, muita gente, tantas ameaças. Mas Jorge Augusto não lhe deu chance de negar:

— Desce, guri. Não me diz que tu não precisa ir no banheiro!

E desceram ambos.

Entraram na lanchonete, olharam o que estava exposto no balcão e acharam melhor comer apenas um lanche rápido. Jorge Augusto estava pronto para quebrar sua burocrática rotina de refeições. Comemos alguma coisa leve e depois tocamos viagem até que a fome nos pare de novo, sugeriu ele, e Fernando achou que era uma boa ideia — quanto menos parassem, melhor. Jorge pediu uma taça de café com leite e o pastel de carne; Fernando, café preto e uma torrada completa. Depois, meio que de sobremesa, comeria uma rosquinha doce.

A atendente pediu que pegassem uma mesa, já levaria os lanches. Fernando escolheu um lugar mais afastado, sem vizinhos ao redor, e Jorge disse que iria ao banheiro.

— Eu vou depois. Vou fumar um cigarro, já que o senhor não deixa fazer isso na Variant — disse Fernando.

— Bem que eu faço.

Quando Jorge voltou, os lanches e os cafés já estavam servidos. Fernando comia sua torrada numa rigidez estranha, havia dois cigarros apagados no cinzeiro, e o parceiro de viagem notou que lhe tremiam as mãos quando ergueu a xícara de café.

— Pois é, doutor Jorge. Como eu ia dizendo antes, eu estou gostando muito de trabalhar na Secretaria. O pessoal está sendo muito bacana comigo...

Jorge estranhou aquela conversa, mas percebeu a razão do comentário quando Fernando, num rápido e amedrontado olhar de esguelha, indicou a mesa próxima: dois homens grandes, óculos escuros e expressões graves, tomavam cada qual o seu café, num silêncio que parecia prestar atenção em todo o salão. Depois, fazendo com o dedo trêmulo sobre a mesa um sinal quase imperceptível, Fernando apontou para a enorme janela do restaurante: lá fora, estava estacionado um Fusca preto e branco da polícia.

— Muito bem — respondeu Jorge Augusto. — Nós estamos mesmo muito satisfeitos com o seu desempenho. Mas procure evitar estas palavras durante o serviço.

— Que palavras, doutor Jorge?

— Bacana. Este tipo de palavra não combina com o ambiente da Secretaria. Em viagem até pode ser, mas o senhor deve evitar gírias no trabalho — e Jorge Augusto era agora o homem sério, o fiscal consciencioso, o chefe auxiliando o novato a não desperdiçar a carreira.

— Pode deixar, doutor Jorge. Muito obrigado por me orientar. Mas eu só queria dizer que estou muito feliz com a chance de trabalho que vocês estão me dando — e mais não disse, até porque nada sabia do cotidiano do emprego daquele que hoje o levava à segurança e ao desconhecido. Apenas ficou em silêncio, tomando o seu café em goles hesitantes e mastigando sem gosto a torrada, as palmas das mãos repentinamente suadas.

— Estrada boa, não é? — comentou Jorge Augusto, apenas por falar, para que o desconforto da mudez não chamasse a atenção da mesa onde os dois homens seguiam bebendo o seu café em silêncio, pesados.

— Sim, muito boa. O governo se preocupa com isso. Mas eu preciso agradecer que o senhor tenha me trazido nesta viagem. É muito bom para a minha experiência.

— Sim, sim — respondeu Jorge, breve.

— Pode deixar que eu vou saber corresponder esta confiança. É muito bom trabalhar com o senhor.

Nesse momento, um dos homens interrompeu seu silêncio, virou-se para mesa de Fernando e Jorge e, rindo com certo desdém, comentou, apontando para o jovem:

— Esse guri vai longe na carreira! Nunca vi ninguém tão puxa-saco! — e riram, o companheiro e ele, levantando-se e saindo, enquanto acenavam para as moças do balcão.

— Tchau, meninas! Botem os cafés na conta do Abreu! — disse um deles.

— Se ele não paga, nem eu! — completou o outro, piada que talvez repetissem todos os dias.

Fernando e Jorge Augusto sorriram protocolarmente do comentário do policial e depois renovaram uma espécie de mutismo nervoso enquanto terminavam os cafés. Fernando deixou parte da torrada no prato e comentou baixinho que não conseguia mais comer:

— Me veio uma bola no estômago.

— Então enrola esse restinho num guardanapo e leva. Tu tem que te dar conta que não pode desperdiçar nada!

Fernando baixou a cabeça, como se pela milésima vez se apercebesse dessa viagem sem roteiro que os tempos tristes lhe impunham, e enrolou o pedacinho do lanche num guardanapo de papel com o nome do restaurante. Depois ergueu os olhos e enxugou com as mãos certo suor do pescoço; seu rosto tinha a repentina palidez do medo.

— Preciso ir no banheiro. Não tô me sentindo muito bem.

— Quer alguma ajuda?

— Não precisa, tio. Só vou me lavar um pouco e já vai passar — e se levantou, indo em direção ao sanitário.

Tio, pensou Jorge Augusto enquanto olhava o rapaz se distanciando. Que realidade era essa, que o obrigava a levar para a incerta segurança do exílio um rapaz que ainda o chamava de tio?

CAPÍTULO 13

JORGE AUGUSTO, ENQUANTO ESPERA

Tio.

A palavra reverbera em mim, enquanto espero esse menino aturdido que foi agora ao banheiro para se aliviar da dor de barriga que lhe causaram os dois que acabam de partir. Porque é um menino, sim, tem a mesma idade do meu Cláudio. Um menino, sozinho nas suas incertezas — mas também com suas certezas. Qual a força que o move? E por que precisa partir? Por que lhe invadiram a casa, por que levaram o guri preso sem mandado, sem ordem, sem nada? Na verdade, nem sei se quero saber. Seguro morreu de velho. Mas eu vivo num país cujo lema é Ordem e Progresso e sempre me orgulhei de respeitar os símbolos. Só que é difícil combinar ordem e progresso com a invasão de uma casa de gente ordeira, que eu conheço há anos. Se existe algo contra Fernando, precisava ter o mandado, um documento que fosse. Mas não: prenderam o guri assim sem nada, fiquei sabendo, e os pais passaram dias procurando pelo filho, até que tempos depois ele apareceu como um zumbi, apavorado por algo que nem conseguiu falar. Depois, quando Cláudio e Fernando vieram me pedir ajuda e vi que era impossível negar, logo comecei a pensar nessa aventura curta na qual estou metido, os preparativos, o mapa, trajeto, os horários, o carro, encher o tanque (o preço da gasolina!), calibrar os pneus, verificar o óleo, essas coisas todas. E inventar uma febre para explicar na Secretaria. Ou seja: botei ordem na jornada, organizei tudo, pensei em todos os detalhes, inclusive em álibis que me deixem mais seguro. Minha viagem é tranquila e vai se completar amanhã, se Deus quiser, quando eu chegar em casa e contar ao Cláudio que entreguei o amigo dele são e salvo, bem como combinado. Uma viagem com início, meio e fim. E mais não vou querer saber. Mas e a de Fernando? Como seguirá?

Lá vem ele. Vem menos lívido, olhar mais sereno. Pega o pacotinho com o resto da torrada, diz que podemos ir e que a conta é com ele. Respondo que não, de jeito nenhum, e ele não protesta — se bem conheço, os pilas do guri mal devem dar pros primeiros dias. E eu levanto, digo que precisamos ir porque a viagem ainda é longa pela frente, melhor chegar antes da noite completa, o horário apontado no meu pulso — e aí já sou novamente o homem regrado, colocando rotina até quando estou fora dela, cumpridor e cioso dos deveres, o homem em quem todo mundo sabe que pode confiar, o homem que não se mete nunca em política.

CAPÍTULO 14

FERNANDO, NA SOLIDÃO QUE CHEGA

Eu, o destemido. O corajoso que quer mudar o mundo.

É nisso que penso agora, enquanto lavo o rosto, acendo um cigarro, respiro e, em frente ao espelho de bordas enferrujadas desta lanchonete tão distante da minha vida, observo o tremor insistente das mãos e quase não reconheço os olhos de fantasma, a brancura súbita e triste das bochechas.

Tudo isso por causa desses dois maganos que há pouco apenas sentaram na mesa ao lado. Não me conhecem, não desconfiaram de nada, só prestaram atenção ao que a gente dizia porque não tem como não escutar a dois metros de distância. E escutaram mais para me esculachar, gozar do iniciante que vai se dar bem porque puxa o saco do chefe. Deu medo e raiva quando falaram isso, mas precisei rir.

Só que medo não é covardia, penso outra vez.

Se estou aqui, nesta viagem sem tempo de volta, é porque assim foi determinado. É mais seguro. Desde que a polícia me soltou, tempos atrás, não fiz mais nada. E só falei com Clara num encontro rápido e assustado na Redenção; ela me disse que estavam organizando minha partida com toda a urgência e que, nesse meio-tempo, eu ficaria em casa. Aliás, todo mundo se recolheria por uns tempos — a coisa era séria.

Eu já sabia disso. E tinha sentido na carne a mão pesada dos meganhas. Não me bateram muito, um ou outro soco ou tapa, o cassetete, os gritos, a humilhação de me deixarem só de cuecas, a proibição de dormir, umas perguntas idiotas e outras nem tanto, porque sabem que sou bagrinho. Mas eu sabia que a qualquer momento tudo podia piorar. Era só eles quererem. Um dos caras me disse que a gente estava em guerra e que na guerra vale tudo. Eu retruquei que nem na guerra vale tudo e que o país não entra em guerra com o seu próprio cidadão. Ele respondeu com um soco que fez saltar sangue da minha boca. Era o mais desatinado. Os outros me diziam que eu ia ficar uns dias ali e, quando eu perguntava quantos, só riam e me atiravam numa cela com sei lá quantos outros presos. Um polícia disse que eu era desses comunistas filhinhos de papai que só querem destruir o país porque têm tudo de mão beijada e sobra tempo de fazer bobagem. Falou isso pros outros ficarem com raiva de mim, mas tinha um que me conhecia de vista, um guri criado no IAPI que nem eu, que contou que isso não era verdade. Comunista até pode ser, disse ele, mas filhinho de papai eu sei que não é — e então os outros até me respeitaram. No meio do pesadelo, deu até pra ter umas conversas boas.

Quando me liberaram, o desatinado me disse que, da próxima vez que me pegassem, iam me matar. Primeiro iam me quebrar, depois matar. E liquidar meus companheiros todos. Quebrar, matar, liquidar — eles gostam dessas palavras.

Desde então, essa ansiedade. O medo que certamente teria me atrapalhado em qualquer tarefa que me entregassem. Vai passar, penso eu, enquanto ainda olho para as mãos que se acalmam, jogo na lixeira o cigarro apagado e molho outra vez o rosto que começa a recuperar a cor. Vai passar esse nervosismo inteiro, vai passar o tempo em que vou precisar ficar longe, vai passar este terror. Vai passar.

CAPÍTULO 15

FERNANDO, ENCONTRANDO COM CLARA

Quem visse o nosso infindável abraço nas alamedas ensombradas da Redenção imediatamente pensaria o quanto aquele casal — nós! — era apaixonado, e nisso estaria cem por cento certo. Mas o que essa pessoa não imaginaria é que, dentro daquele abraço, também existia um enorme alívio, desafogo do peso apavorado dos últimos dias, o fim de uma incerteza triste e o início de outra incerteza que apenas sabíamos que precisava ser rápida. Clara me beijou demoradamente, gosto de tanta alegria, e depois me olhou como se fosse necessário certificar-se ainda outra vez que eu estava ali. Deixamos o tempo em silêncio por uns segundos, apenas para que as batidas dos corações se compassassem de novo, e então ela disse que haviam decidido que eu teria que partir.

Uruguai, ela completou. A saída mais fácil e próxima.

Me surpreendi e, naquela hora, um novo medo se juntou a todos aqueles que eu já sentia.

— Sair do Brasil? — perguntei. — Mas se eu nunca saí nem do Rio Grande do Sul!

— Por isso o Uruguai, que é logo ao lado. Quando a coisa acalmar, tua volta fica mais fácil — ela falou, mas seu olhar era de pouca esperança.

— E se eu fosse pra São Paulo, me juntar aos companheiros de lá? — indaguei.

— É mais seguro sair. Não dá pra arriscar. Tudo está muito desarticulado. A coisa está muito feia, os milicos e os ratos estão na caça de todo mundo.

— Mas eu sou um bagrinho — respondi. — Um zé-ninguém.

— Esse é um tempo em que o zé-ninguém corre perigo. E quando o zé-ninguém cai, acaba caindo mais gente. Todos nós estamos no risco. Até 68, eram os figurões que precisavam se mandar. Deputados, professores, artistas. Depois de 68, a gente teme por qualquer borra-botas. Olha quantos estão tendo que sair, sumir de circulação, ao menos por uns tempos. Estudantes, até secundaristas!, operários, barnabés. Os milicos aboliram a nossa hierarquia — completou, conseguindo fazer piada em tudo aquilo. Depois, olhando o chão, como se relutasse em dizer, tal qual confissão que não pudesse ser feita: — O fato é que a resistência está muito destruída. Eu queria poder dizer que juntos somos fortes, mas hoje nem juntos temos qualquer força. A revolução vai demorar.

— E tem outra coisa — tentei voltar o assunto. — Se eu não sei de quase nada, por que a polícia estaria interessada em mim?

Ela deu uma risadinha curta, nervosa, enquanto afagava meu cabelo com aquelas maneiras que às vezes pareciam mais de mãe do que de namorada.

— Porque pra polícia tu vale muito mais solto do que preso — respondeu ela. — Vão te seguir, ficar atrás de ti, pra chegar onde querem. E eles querem todos nós. Na verdade, já devem estar te seguindo, mesmo essa nossa conversa é um perigo. O resumo, que eles já entenderam: tu não sabe muito, mas pode levar até quem sabe mais.

Clara continuou me explicando: a polícia tinha descoberto e quase ninguém sabia da vinda do Wanderley. Algum dedo-duro havia passado as informações ou alguém tinha se descuidado. Os companheiros souberam que eu havia caído quando não aparecera no ponto combinado. E eu não entreguei o ponto, pensei com certo orgulho.

Ela me disse que muito cuidadosamente me passariam as orientações, mas que outra pessoa seria o contato. Que eu muito disfarçadamente descobrisse o papelucho que, daí a dois dias, à tarde, estaria colado na parte de baixo do banco vermelho da pracinha próxima à minha casa; lá estariam as primeiras, talvez definitivas, instruções. Eu só deveria ir à praça por volta das cinco.

— Vamos conseguir um passaporte pra ti e levantar algum dinheiro. O pessoal do Uruguai já foi contatado, tu vai ficar seguro e em boa companhia. Só me promete que não vai ser uma companhia boa demais — ela sorriu com uma nova tristeza, tristeza que ia além da situação do país e se estendia até a nossa. Eu, naquela hora, não sabia qual tristeza era a maior. Clara tomou minha mão entre as suas e seus olhos eram uma imensidão. Pensei, ainda não sei por que, que ela fosse me propor uma pequena loucura, que fugíssemos ambos, que fôssemos juntos cuidar das nossas vidas, mas não: em dois segundos, ela retomou a objetividade necessária:

— Só estamos com um problema pro teu transporte até a fronteira. Não pode ser um dos nossos, é muito arriscado. Precisamos conseguir a ajuda de alguém que esteja acima de qualquer suspeita.

— Eu também posso pensar em alguém — respondi, já com tio Jorge em mente.

Ela acedeu em silêncio. Depois comentou que nesse intervalo eu não faria mais nada, não cumpriria qualquer tarefa. Todos iriam se recolher por uns tempos, porque estava todo mundo em perigo. Inclusive minha família, ela enfatizou, dizendo que eu não deveria dar qualquer pista do que estava sendo feito.

— Se quiserem falar sobre isso, diz que não vai te meter mais em política. Às vezes, é preciso mentir.

Depois, perguntou o que eu havia falado. Respondi que só tinha falado o que se podia dizer. Só falara o nome que podia falar.

— Ele já saiu de circulação — comentou ela.

— Às vezes é bom não saber muito — respondi.

Ficamos em novo silêncio por alguns instantes, um pouco porque ambos pensávamos no que seriam os próximos tempos, outro tanto porque não sabíamos muito mesmo o que dizer, mas ao mesmo tempo sabíamos que a próxima pergunta só poderia ser uma.

— E nós? Como ficamos? — fui eu quem perguntou.

Clara me olhou, e seus olhos então eram puro desamparo e incerteza, mas ainda assim conseguiu responder:

— Nós? Juntos, sempre.

CAPÍTULO 16

CLARA, TALVEZ ANOS DEPOIS, EM SUAS MEMÓRIAS

É claro que alguém mais desavisado pode perguntar: por que, num tempo de tanta desarticulação e sombras, quando nosso movimento estava tão pequeno quanto destruído, o medo atrapalhando ainda mais qualquer chance de ação e todas as nossas ousadias já destinadas à derrota, por tudo isso, enfim, por que gastar tanta energia e os pilas minguados que a gente tinha em caixa para mandar ao exílio alguém pouco influente como o Fernando? Eu entendo: é uma dúvida razoável. Afinal, conseguir a viagem é tarefa bem difícil: os documentos, a pressa, o medo, os contatos feitos na urgência, um planejamento que sempre precisará envolver uma rede de pessoas, por menor que seja — quem fala com quem, quem providencia o passaporte, quem contata os companheiros de fora, quem leva as instruções até o banco da praça, quem levanta o dinheiro, tudo se movendo entre silêncios e cuidados. E o medo — sempre.

Há mais de uma resposta para essa pergunta.

A primeira é mais ou menos objetiva: se o nosso movimento era intenso e audaz na questão política — e era, apesar de um revés atrás do outro —, era também basicamente um movimento de estudantes. Ainda que a gente fosse experiente e uma parte estivesse partindo para a luta armada, éramos uma gurizada. Eu — a mais velha da célula —, nem trinta anos. Os outros todos ainda mais novos, até chegar no franguinho, se bem que Fernando nunca gostou de ser chamado assim. Ou seja: todo mundo com seus vinte e poucos anos. Uma idade em que a disciplina vai até certo ponto, depois é o coração quem manda. Por um lado, a gente não era um bando de porra-loucas; por outro lado, a gente era. E decidimos que aquela era uma missão tão importante quanto tantas outras. Se a gente estivesse mais articulado naquele tempo, mais forte, é possível que nossa decisão tivesse sido diferente, talvez nossas energias tivessem que estar em outras direções; mas abatidos, combalidos como estávamos, nem nos demos ao trabalho de pensar duas vezes: Fernando tinha que partir, para a segurança dele e de todos. É assim: quem está no olho do furacão só enxerga uma parte dele — mas é justamente a pior parte.

Mas também existe outra grande razão para o exílio de Fernando: eu.

A mais velha do grupo, tantos anos na militância — tudo isso são cicatrizes que dão um certo respeito. E eu confesso que usei esse respeito a meu favor; na verdade, a favor de Fernando. Eu, mais do que o resto do grupo, queria ele protegido. Eu, mais do que os outros, desejava que ele partisse, que fosse colocado em segurança. Porque os tempos estavam realmente pesados, mas também porque eu, mais do que todos os outros, tinha medo de que algo acontecesse com ele. Nem tanto com o grupo, com a célula, porque nos recolhemos todos, saímos de circulação, ficamos tempos afastados — minha preocupação era mais com Fernando mesmo. Na única vez em que conversamos depois que Fernando saiu da prisão, eu percebi o quanto ele estava abatido e assustado, ainda que tentasse disfarçar. Senti isso quando o abracei. E também estava nos olhos, nos gestos, no jeito meio atropelado de falar e ouvir, como se quisesse o tempo inteiro estar em outro lugar. Eu senti isso, eu soube. E pensei, naquele instante: nada de ruim pode acontecer com ele, nada. E então convenci todos os outros a votarem comigo, a mandá-lo para o Uruguai, porque era mais fácil e mais barato e mais seguro para todos, enfim, a decidirem pela vida de Fernando

Afinal, o amor também é parte da revolução.

CAPÍTULO 17

O NARRADOR, NAS SUAS MEMÓRIAS ANTIGAS DE BRASIL

Sesquicentenário / e vamos mais e mais / na feeeeesta / do amor e da paz

Sesquicentenário / e vamos mais e mais / na feeeeesta / do amor e da paz...

Setenta e dois foi um ano cheio de acontecimentos que, por diferentes razões, são dignos de memória. Em Caxias do Sul — próxima a Bento Gonçalves, onde moravam os avós de Cláudio —, a inauguração da Festa da Uva teve a presença do general Emílio Garrastazu Médici, na primeira transmissão em cores da tevê brasileira: muita gente no festejo, crianças carregando bandeirinhas do Brasil. Em São Paulo, o incêndio do edifício Andraus teve dezesseis mortos e mais de trezentos feridos. O primeiro — e enorme — computador brasileiro foi construído por uma equipe da Escola Politécnica de São Paulo. Vencendo o Grande Prêmio da Itália, Emerson Fittipaldi se tornou campeão mundial de Fórmula-1 — bandeiras brasileiras emocionadas e felizes, tremulando no circuito de Monza. Iniciou-se a Guerrilha do Araguaia. Médici inaugurou o primeiro trecho da Rodovia Transamazônica — mais ufanosas bandeirolas de Ordem e Progresso balançando em festa.

Mas nada foi maior do que as comemorações do Sesquicentenário da Independência, que teve até um torneio internacional de futebol, do qual participaram diversas seleções — torneio que foi obviamente vencido pelo Brasil, numa final contra Portugal em que Jairzinho marcou o gol da vitória aos quarenta e quatro do segundo tempo. As comemorações aconteceram durante meses e meses, praticamente por todo o Brasil, e em todas as festas e em todas as rádios e em todos os programas de televisão se cantava o Hino do Sesquicentenário da Independência, de Miguel Gustavo — o mesmo que já havia composto o *Noventa milhões em ação*, espécie de hino da Copa de 70 —, que, por triste ironia, não soube do sucesso da sua nova música, porque morreu bem no início daquele ano.

No meio do milagre econômico e ainda na euforia do tricampeonato mundial, o governo militar apostou muitas fichas nessa festa, sem admitir a chance de perder a aposta.

Mas nem precisava. Quem olhar as fotos, os arquivos, as reportagens das paradas militares, dos encontros cívicos, espetáculos de som e luz, das competições esportivas, concursos de arranjos florais, das inaugurações, demonstrações de educação física, dos eventos escolares verá uma enormidade de sorrisos que ignoravam, aplausos que desconheciam, bandeirinhas erguidas ao céu sem saber dos porões. Talvez em alguma dessas fotos até se possa enxergar a indiferença de Jorge Augusto ou a tranquila ignorância dos pais de Fernando. Mas eles, como todo mundo, certamente tinham nas suas niqueleiras as moedas com a efígie de Dom Pedro I de um lado e Emílio Médici do outro. O perfil de Médici circulava nos mercadinhos, nas farmácias, nos botecos, nas lanchonetes.

Mas a grande estrela da festa, sem dúvida, foi o corpo encaixotado de Dom Pedro I. Após delicada negociação entre os governos, Portugal mandou ao Brasil os restos do imperador — na verdade, quase todos os restos, uma vez que o coração permaneceu numa urna no Porto — para, depois de uma espécie de périplo oficial por diversas capitais, ser enterrado em São Paulo, no Monumento à Independência do Brasil. Em cada capital, a passagem do cortejo carregando o proclamador era aplaudida por uma multidão de gente de todos os tipos — aqueles que tinham aproveitado o transporte grátis, os que apoiavam o governo, os que achavam bonitos os desfiles militares com seus jipes e caminhões verde-oliva, os que admiravam Dom Pedro I pelos livros de História, os que aproveitavam para levar os filhos a um programa familiar que fugisse da rotina, os que não sabiam bem por que estavam lá.

O corpo sem coração de Dom Pedro I, reverenciado e aplaudido, era notícia por onde passasse.

Mas havia outros corpos sobre os quais não se falava. Um ano antes, a cidade de São Paulo havia inaugurado o Cemitério de Perus. A Prefeitura tentara instalar lá dois fornos crematórios, mas a negociação com a fabricante inglesa não foi adiante: a empresa desconfiou de alguns propósitos e, olhando com olhos de fora o momento brasileiro, não quis fazer negócio. No início, a maioria dos enterrados no distante Perus era indigente. Mas, no ano do Sesquicentenário, indigentes e desconhecidos já não eram os únicos corpos naquele cemitério; para lá também iam os cadáveres dos presos mortos pela repressão, atirados sem nome ou cerimônia em valas clandestinas, transformando-se em ossos e memória, enquanto seus familiares, ano após ano e com cada vez menos esperança, seguiam sem saber dos seus destinos.

Setenta e dois foi isso: o corpo sem coração de Dom Pedro I desfilando e corpos silenciosos e em chagas desaparecendo.

CAPÍTULO 18

AINDA O NARRADOR

O motor da Variant era o único ruído da viagem, num rrrrrr que se assemelhava ao rosnar de um cachorro assustado. Jorge Augusto estava atento à estrada, desacostumado a dirigir por tanto tempo, certa tensão nos ombros contraídos. Fernando permanecia de olhos fechados e não era possível adivinhar se realmente cochilava ou apenas buscava que assim a viagem passasse mais rápido. Foram tempos largos de silêncio, desde a hora quando Jorge desligara o rádio, ao perceber que não conseguia sintonizar com firmeza nenhuma estação e tudo o que escutavam era um zumbido pequeno e irritante, entremeado vez por outra por qualquer voz ou resto de música em que não se conseguia entender nada.

Quando Fernando abriu os olhos, o verde continuava, longe e longe, todos os matizes, aquela solidão.

— Essa paisagem não acaba mais — comentou ele.

— O pampa — respondeu Jorge simplesmente.

— É lindo. Não conhecia. Nunca tinha vindo pra esses lados. E venho agora, desse jeito — e apontando com o braço o horizonte: — Eu não imaginava que fosse tão grande, tão espalhado, tantos tipos de verde. Olha esses morros, a curva suave que eles fazem!

— As coxilhas.

— As coxilhas! — e Fernando riu daquela beleza tanta, momentaneamente esquecido da aflição. Depois apontou um casebre perdido talvez a quilômetros, plantado no meio do nada, de cuja chaminé saía uma fumacinha esbranquiçada. — Mas como vive alguém que mora assim? Se tem filho, como é que as crianças fazem pra ir na escola? Se fica doente, quanto tempo demora pra conseguir um médico? E pra saber das notícias? Do mundo?

— Nem rádio pega — e Jorge Augusto apontou para o aparelho desligado no carro.

— E como se sustentam essas pessoas? — insistiu o rapaz, olhando a distância. — Devem ter uma plantaçãozinha, meia dúzia de vacas e vender o que produzem a preço de banana prum grandão. Ou arrendam as terras dos donos, pagando um dinheiro que nem têm... Aposto que essa terra toda é de um dono só — e estendeu o braço, num gesto amplo. — Isso não é justo!

— Calma, Fernando! — pediu Jorge Augusto, quase divertido com o ímpeto do caroneiro.

— Desculpa. É que essas coisas me revoltam!

— Tudo bem, eu te entendo — acedeu o motorista, sem saber se realmente entendia. — Mas é que a gente simplesmente está passando pela estrada e tu constrói toda uma teoria por causa de uma casinha que quase não se enxerga, lá longe. É possível que nem seja assim.

— Talvez — contemporizou Fernando. Depois, baixinho, como se falasse apenas consigo mesmo: — Mas deve ser.

Jorge Augusto não conteve a risada — a teimosia do moço.

— Viu como tudo é política? — perguntou Fernando.

— Certo, certo... — assentiu Jorge, também para contemporizar. — Mas agora presta atenção na paisagem, aproveita a beleza.

Fernando entendeu o recado e concordou. Ficaram ambos de novo em silêncio por um tempo, Jorge Augusto outra vez concentrado no volante e Fernando absorto em seus pensares de sempre, que agora viajavam do Brasil ao Uruguai, mas seguiam tendo justiça, democracia e igualdade como as palavras às quais sempre voltava. E as casinhas ao longe, todas pobres, de quando em vez aparecendo pelo caminho — o resto era campo e céu, pequenos capões de mato, os pedregais majestosos, a paisagem tão diversa aos seus olhos urbanos. Quanto país ainda haveria para saber?

— Mais ou menos onde a gente tá?

— Uma placa lá atrás dizia Caçapava do Sul.

— Caçapava do Sul... — repetiu Fernando, absorto. Depois sorriu. — O senhor vai ficar admirado, mas eu sei algo de Caçapava do Sul que é certo que o senhor não sabe.

— É bem provável — concordou Jorge Augusto. — Até porque eu não sei nada.

— Tem uma pedra famosa em Caçapava e uma lenda diz que o Sepé Tiaraju está enterrado lá.

— Ah, é? — Jorge Augusto não mostrou muito interesse.

— Sepé Tiaraju era socialista — provocou Fernando.

— Só sei que ele era índio.

Fernando se permitiu uma risada.

— Tá bom, o senhor venceu: não se fala de política!

Jorge Augusto olhou rápido para o rapaz ao seu lado:

— Tu sabe que é melhor assim, Fernando. Amanhã eu volto para Porto Alegre e é bom, é mais seguro eu não saber de nada. É melhor que eu só te leve até lá e pronto.

— Eu sei. É que às vezes eu não resisto.

— Vocês, jovens, são muito contestadores — comentou Jorge, novamente sério.

— É o que precisamos ser.

Jorge Augusto não disse nada, apenas voltou a atenção à estrada. Fernando estendeu os braços para frente, espreguiçando-se e quase encostando no vidro frontal do carro, e seu gesto parecia indicar toda a distância ainda a percorrer: a cada tempo, a cada vez que ficava um pouquinho sem falar, aquela angústia voltava inteira.

— Será que falta muito ainda? — perguntou.

— Não sei, não conheço nada por esses lados — respondeu Jorge Augusto.

— Aceguá...O nome é bonito — disse Fernando, como se pensasse alto. — Eu nunca tinha ouvido falar.

— Nem eu. Mas hoje ainda tu vai conhecer.

— O senhor também.

— Sim — concordou Jorge. — Mas o mais provável é que eu só te deixe lá e dê meia-volta. Te deixo em segurança e volto.

Em segurança, pensou Fernando. Quando, em segurança? Nem ele, nem seus companheiros: está proibida a palavra liberdade. Por isso agora essa viagem, esse mergulho no escuro.

— O senhor conhece o Uruguai?

— Ainda não tive a oportunidade — na rotina de ternos cinzas de Jorge Augusto, o Uruguai era do outro lado do mundo.

— A coisa também não está tranquila por lá. Estado de emergência, governo prendendo gente, patrulhas o tempo inteiro — e ele apalpou o bolso sem perceber, procurando outra vez o passaporte. — Mas ao menos ainda é mais seguro do que aqui — desejou, com certo desalento.

— Sim — respondeu o motorista, e olhou outra vez para o lado: ali, no banco de carona, estava novamente o garoto imberbe, que saltava das calças curtas direto para uma trincheira que não conhecia.

— E será que lá eu vou conseguir comer feijão com arroz? — perguntou Fernando, curiosidade juvenil.

— Te confesso que não sei. Sei que lá tem carne e queijo bom. Mas feijão com arroz não sei se tem.

— Pode até ter — Fernando respondeu à própria pergunta. — Mas se tiver não vai ser tão bom quanto o da minha mãe.

CAPÍTULO 19

A VOZ DO PAI

Quando cheguei pro almoço, estranhei que o Fernando não tava em casa. Não que isso não seja comum, até seguido ele almoça fora, lá na faculdade. Mas nos últimos tempos, desde aquele banzé todo, o guri tá entocado por aqui, quase nunca sai. O prato dele até foi pra mesa, minha mulher achou que talvez ele ainda chegasse pra comer com a gente. Mas não. Almoçamos só nós dois, o Fernando não apareceu. Ela me contou que o Fernando devia ter saído muito cedo, antes das sete, que é a hora que ela acorda, porque lá pelas dez resolveu bater na porta do quarto do guri e, como ele não atendeu, ela entrou. E aí viu que não tinha ninguém lá. Tomou meio que um susto, me disse, não porque ele tinha saído tão cedo e sem avisar, mas mais porque ele tinha arrumado a cama, já que isso é a coisa mais rara de acontecer. Pra ser bem franco, eu nem acho que o guri tenha que arrumar a cama dele, porque isso sempre foi serviço de mulher, mas ela me contou como se fosse um sinal que o Fernando tá amadurecendo, coisa assim. Nosso filho tá virando homem, ela riu — e eu também. Mas foi uma risada nervosa, tanto a dela como a minha. Porque, sabe, a gente tá bem encagaçado desde que aconteceu aquela confusão de levarem o Fernando daqui, coisa que até hoje eu não entendi bem, nem quero muito saber. Mas desde que a polícia invadiu nossa casa e desapareceu com ele por uns tempos, tá todo mundo com receio aqui em casa. Um receio meio estranho, de não saber bem por que é mesmo que a gente tem que ter este medo, mas ele tá aí. Eu não comento muito, não posso parecer fraco na frente da minha mulher, mas me dói só de lembrar do desespero dela naqueles dias, indo de delegacia em delegacia, sem saber com quem falar e nem por que o Fernando tinha sido preso. Ninguém nos dizia nada, nem se interessavam. Numa delegacia até me xingaram, disseram que se tinham prendido o meu filho é porque alguma coisa ele tinha feito, e eu nem pude responder nada, porque vi que ia ser pior. Na saída da delegacia, ainda tive que acalmar os nervos da minha mulher, mas eu tava assustado igual. Porque era isso: alguma coisa ele tinha feito. Mas que coisa era essa que ninguém nos dizia? Os homens que invadiram nossa casa disseram que iam levar ele pra delegacia do Partenon, mas lá nos disseram que não tinha Fernando nenhum nos registros. O senhor olhe bem porque disseram que iam trazer ele pra cá, pedi com toda a educação, e aí o homem fechou a cara e disse de má vontade: tu acha que eu não tô olhando direito? E fomos embora quietinhos, o rabo entre as pernas, parecia que a gente era criminoso só por querer saber do nosso filho. Foram uns dias de muito nervosismo, a gente correndo de um lado pro outro, duas baratas tontas, só querendo que aquela merda de espera terminasse e o Fernando voltasse pra casa. E quando ele voltou, branco como uma cera e tentando esconder os roxos, foi uma alegria. Eu e minha mulher abraçamos o guri dum jeito que vou te contar, nem eu que sou meio casca grossa consegui segurar o choro. Nem perguntamos nada naquele dia, era só o alívio. Depois, no outro dia, conversamos com ele, tentando entender o que tinha acontecido. Ele nos explicou tudo muito por cima, porque acho que nem ele conseguia explicar muito bem, andava muito abalado. Falou que tinha sido bem tratado, que aqueles machucados eram porque tinha caído no pátio da cadeia. E disse que sim, que ia se cuidar, que a gente ficasse tranquilo, mas depois começou com um discurso cheio de umas palavras que a gente nem entende direito mas que assustam um pouco, justiça, direito, democracia. E quando ele falou na milicada – bem assim, milicada – aí eu não me aguentei e disse agora chega, Fernando, pensa um pouco no teu pai e na tua mãe. O guri baixou o tom, acho que se deu conta de que tava meio exaltado, mas ainda disse que era justamente em nós e no povo que ele mais pensava. Que povo, que nada! Para com essas bobagens, eu falei, e já ia dizer pra ele não se meter com politicagem, mas a mãe dele me fez um sinal e abraçou o Fernando dizendo te cuida, meu filho, tu é a coisa mais importante da nossa vida. Depois disso, ficamos reparando ele de perto, e nesse meio-tempo ele quase não saiu de casa. Meia dúzia de bicos na rua, se tanto. Mas que a gente tá preocupado, isso tá, porque se escuta umas coisas por aí, essas notícias de vez em quando no jornal, no rádio. E hoje, esse sumiço, de repente toda a preocupação volta. Mas não há de ser nada: hoje de noite, quando o Fernando voltar, vou ter uma conversa bem séria com ele.

CAPÍTULO 20

NARRADOR, QUASE NO FIM DA VIAGEM

A estrada era uma serpente levemente sinuosa e cinza. Ao longe, à esquerda e à direita, os montes cujos contornos já se enxergavam meio esmaecidos, fosse pela bruma da distância, fosse pela noite que começava a dar sinais. Os pedrais que às vezes se divisavam, espalhando certa solidez à suavidade das coxilhas, pareciam ainda mais avermelhados, tenuemente iluminados pelos raios daquele sol que principiava a descer no horizonte. Jorge Augusto havia desistido do rádio e tentava adivinhar quantos quilômetros ainda faltavam, braços cansados e ombros tensos, naquela viagem em que só haviam parado mais uma vez num posto de gasolina; Fernando abrira parte da janela do carro e, enquanto buscava pensar em coisas leves, prestava certa atenção ao barulho do vento e àqueles cantos meio lamentosos que um ou outro quero-quero lançava para proteger seu ninho. Olhava para os campos e colinas intermináveis e enxergava neles o início de uma grande solidão.

Haviam passado por uma placa indicando que Bagé não estava longe, mas daí a Aceguá a viagem ainda era meio que um mistério.

— Precisa entrar em Bagé pra seguir até Aceguá? — perguntou Fernando.

— Parece que não — respondeu o motorista. — Por quê? Quer dar uma parada?

— Não, não. Agora só quero chegar logo. Parece que a agonia vai aumentando a cada quilômetro — comentou ele, mão sobre o peito. — Mas eu precisava fazer um xixi.

Jorge Augusto diminuiu a velocidade da Variant e foi encostando devagar no estreito acostamento da estrada, até o carro parar.

— Faz aí mesmo — disse ele. — Nesse deserto, ninguém vai ver. Nem carro passa.

O jovem desceu e Jorge desligou o motor. A Variant ainda tremeu rapidamente, espécie de ronronar fininho de quem descansa e agradece, e depois foi o silêncio espesso daquela imensidão toda. Deus do céu, que mundo grande, pensou Jorge, enquanto também descia do carro para esticar as pernas. Debruçou-se no teto da camionete e, olhando uma casinha longínqua e que apenas se adivinhava por um ponto de luz, pensou também em como alguém conseguiria viver ali, tão distante de tudo. Mas achou melhor não dizer nada.

— Pronto — Fernando falou, voltando ao carro. — Se tivesse uma aguinha por perto, eu lavava as mãos.

— A água já acabou. Agora, só em Aceguá — riu Jorge Augusto.

Andaram uns quilômetros e daí a pouco passaram por um prediozinho verde e pequeno, de madeira simples, com uma espécie de varanda de ripas amarelas, próximo à beira da estrada. O motorista apontou a casinha e comentou:

— É aqui que a gurizada da redondeza estuda. São as escolinhas do Brizola — explicou Jorge Augusto. — Quando ele era governador, espalhou essas escolas por todos os lados. Dizem que nos lugares mais perdidos tem uma dessas — e depois, mais para si mesmo: — Importante, isso. Pensar em escola para as crianças.

— O senhor é brizolista, tio? — provocou Fernando.

— Eu sou funcionário público.

Fernando se deu conta, ainda outra vez, que nada faria Jorge Augusto sair do seu escudo.

Dez quilômetros adiante, avistaram uma solitária parada de ônibus e, mais solitário ainda, um senhor de chapéu de palha carregando uma malinha de papelão, a figura puída de quem só trabalhou a vida inteira. Jorge resolveu parar e perguntar se Aceguá ainda ficava muito longe.

— Aceguá? — disse o velho, olhando com curiosidade para o carro. — É longe, sim. Fica pra lá de Bagé.

— O senhor sabe me dizer a que distância? É muito depois?

— Ah, isso eu não sei.... Nunca fui praquele lado.

— Certo, então. Muito obrigado.

— Vocês vão passar por Bagé? Não me dão uma carona? — candidatou-se o homem.

— Desculpa, nós não vamos entrar na cidade — desconversou Jorge Augusto.

— Mas não faz mal! Me deixam na entrada da cidade que de lá eu me viro. Aí eu economizo os pilas da passagem.

Sem saber o que responder, Jorge Augusto olhou para Fernando que, dividido entre a pungência do pedido e a ameaça tormentosa que um desconhecido sempre podia representar, demorou a se dar conta de que sua luta era justamente em favor desses pobres e que o parceiro de viagem aguardava uma anuência. Olhou o homem, que por sua vez observava os viajantes com certa expectativa alegre, e deu um chega pra lá na desconfiança: aquele velhinho esperando o ônibus não podia ser nada mais do que um velhinho esperando o ônibus. Fez com o dedo um sinal de positivo e Jorge convidou o outro a entrar no carro, o que ele fez agradecendo, feliz pelos cruzeiros poupados.

— Vão de passeio a Aceguá? — perguntou o homem.

— Não. Negócios — respondeu Jorge Augusto, antes que Fernando falasse qualquer coisa. — Gado.

— Ah, sim. O gado é bom por aqui. E Aceguá é bem do ladinho do Uruguai, que tem gado bom também. Carne boa! É o que o povo diz, não conheço.

Fernando, por alguma razão, preocupou-se com o comentário do homem: por que mencionar o Uruguai?

— E o senhor? Indo para Bagé por que razão? — perguntou ele, antes que o Uruguai prosseguisse como assunto.

— Vou pra casa do meu filho. Minha mulher tá internada na Santa Casa de Caridade e eu vou ficar lá uns dias, mais perto dela.

— Ah, e o que é que sua esposa tem?

— A doença aquela — pareceu envergonhar-se o homem. E depois, falando baixo, como se não quisesse ou não tivesse o direito de mostrar sua tristeza a estranhos: — Doença mais desgranida.

Ninguém soube o que dizer, mas o velho fez o favor de continuar:

— Trinta e seis anos juntos, o senhor sabe o que é isso? Mas agora acho que ela não vai mais muito longe. Só por Deus, sabem?

— Mas os médicos, o que é que dizem? — perguntou Fernando.

— Não sei muito bem. A gente vive pra fora, eu mal e mal sei assinar meu nome, é difícil entender o que o doutor fala. Eu só faço que sim com a cabeça, como se tivesse entendido. Meu filho é quem me ajuda um pouco, mas ele também não pega bem o que o doutor diz, não conseguiu ter muito estudo — e depois, olhar resignado de quem pouco espera da vida: — Médico não é pra pobre, moço.

Fernando encarou Jorge Augusto como se quisesse dizer que sim, que visse bem, que a política era o assunto que estava nos outros assuntos, mas o motorista não lhe devolveu o olhar.

— Que pena. Sinto muito por sua senhora — disse Jorge, apenas à guisa de comentário, para dar uma palavrinha de conforto àquele desconhecido que em breve desapareceria da sua vida. — Mas o senhor me diga: ainda falta muito pra entrada de Bagé?

— Mais um pouquinho só. Eu apeio e de lá me viro até a casa do meu filho. Uma carona ou um ônibus. Daí já é mais barato, porque é o ônibus da cidade mesmo. Se não aparecer nada, vou a pé. É meio longe mas dá.

— O senhor desculpe não lhe levar até a casa do seu filho. Mas é que andamos com muita pressa de chegar... — explicou Fernando, condoído.

— Que esperança, moço! Essa carona já é um ajutório bárbaro! — comentou o velhinho, olhos agradecidos.

Andaram em silêncio pelos próximos quilômetros, até que o homem sinalizou uma entrada grande à direita, já com certas luzes de vizinhança urbana.

— Nessa entrada eu vou ficar. Vocês seguem reto até Aceguá. Só não sei a distância.

Jorge Augusto pensou que talvez voltasse ainda hoje por este trecho que agora iniciaria. Estacionou o carro no acostamento e o senhor desceu, carregando a maleta de papelão duro, onde levaria os seus tesourinhos pobres, roupa limpa para a mulher, talvez qualquer presente — sabonete, uma renda, um estojo de Alma de Flores — que lhe regalasse o resto de vida. Quando se debruçou para agradecer a carona e perguntar se devia algo, foi que Jorge Augusto percebeu, com certo horror espantado, que o velhinho não teria cinco anos a mais que ele próprio.

— Muito obrigado. Daqui eu sigo por minha conta.

— Até logo — despediu-se Fernando. — E melhoras pra sua esposa.

O homem trouxe de volta aos olhos a expressão resignada:

— Seja o que Deus quiser. Boa viagem pra vocês — e virou-se, sobraçando a valise e iniciando a caminhada que poderia ir até o ponto de ônibus, a casa do filho, o hospital. A vida era assim mesmo, deve ter pensado.

Jorge Augusto e Fernando acompanharam durante uns segundos os passos conformados do homem. Depois, ao mesmo tempo, voltaram seus olhares para o resto da viagem.

À frente deles, a estrada era uma noite.

CAPÍTULO 21

FERNANDO, OLHANDO PARA SI

Na fotografia, meus olhos não são a alegria de quem organizou a viagem a Buenos Aires, caminhará despreocupado pelas ruas de Lisboa ou passará a lua de mel, luxo dos luxos, em Paris. Não: meus olhos, reflexos do breve susto da fotografia, trazem a incerteza do destino e certo medo das fronteiras que, de uma hora para a outra, são obrigados a atravessar.

Eu me reconheço na fotografia — é sim o meu rosto, são sim meus olhos, nariz e boca, o cabelo penteado como nunca, os óculos desnecessários e que foram colocados à última hora pelo fotógrafo para me emprestar um ar mais respeitável, as orelhas meio de abano, a pele clara que pouco se distingue do fundo branco —, mas esse rapaz que me olha assim tão comportado das páginas da caderneta não sou eu. Não sou eu com esse cabelo arrumado, o espírito tão sério, a gravata que parece ainda mais escura no retrato em branco e preto, o terno cinza mal ajeitado nos ombros, mesmo os óculos improvisados e que me deixaram com alguma dor de cabeça, os braços que se adivinham caídos e tão sem vida.

Mas eu vou me acostumar.

Também não sou eu nos dados que ali estão. Está lá o brasão necessário, o nome da República Federativa do

Brasil, as páginas todas do caderninho. Mas a data em que nasci no documento não é a mesma em que nasci na vida. A cidade também não é a mesma: já não é a Porto Alegre onde passei quase todos os meus dias, e sim Tramandaí, porque é a única cidade sobre a qual, se me perguntarem, consigo falar um pouco. Os meus pais no documento são fictícios, e talvez em outra situação eu pudesse brincar com isso, imaginá-los bem diferentes dos meus verdadeiros pai e mãe — mas hoje isso é um bolo no estômago a mais, arrepio triste a cada vez que leio esses nomes que não conheço e que substituem no papel o pai e a mãe que não sei quando vou ver de novo.

Mas Tramandaí, a data de meu novo nascimento, os nomes dos meus pais inexistentes — também a isso é fácil de me habituar.

O mais difícil vai ser me acostumar com um novo nome.

CAPÍTULO 22

ANTONIO, ENQUANTO ESPERA

Sete e meia, quase quinze pras oito. Se não aconteceu nenhum imprevisto pelo caminho, o rapaz deve estar chegando em breve. Não sei muito; só sei que chega. Me avisaram de Porto Alegre, me disseram que eu tinha que acolher um companheiro e atravessar a fronteira com ele. Mais que isso: tenho que deixar o rapaz em segurança do outro lado, só voltar quando estiver tudo certo. Porque me disseram que é um guri, meio novo na luta mas muito valoroso, que não se atrapalha nas tarefas dadas, que caiu por algum dedo-duro ou boca grande — o que dá quase na mesma —, que tomou uns tapa mas não arregou pros ratos e só por isso já tem a minha simpatia. E falaram que ele precisava sair de circulação ao menos por uns tempos pra que todo mundo ficasse um pouco mais seguro.

Pois então. O guri dorme hoje aqui em casa. Comemos umas gajetas com queijo e salame, tomamos um café preto, ele se lava e toca a dormir, nada de muita conversa: madrugada bem temprana saímos pelas trilhazinhas no meio desses campos, dê-lhe que dê-lhe pedalada na bicicleta. Tomara ele não seja muito pesado, aí alivia a viagem. Porque, che, é longe o caminho, quarteia Isidoro Noblía e segue sempre o mais reto que der, pelas estradinhas mais lejanas, as picadas de chão batido, onde a Móvel nunca aparece, até chegar a Melo. Lá os companheiros assumem a viagem, acho que o guri segue até Montevidéu. Mas até Melo são mais de cinquenta quilômetro, e de bicicleta e com caroneiro não é empreitada fácil. Se bem que neste meu laburo, chibeando dia sim, outro também, já carreguei muito mais do que deve pesar o moço. Pacote de cigarro, bebida, sabão, material de limpeza, perfume, cortes de tecido, uns regalos que me pedem, até botijão de gás vez em quando eu animo de trazer — não sempre, porque senão me falta perna. E amanhã vou aproveitar, compro umas tonterías em Melo pra render a viagem e não voltar de carga vazia.

Mas isso amanhã. E depois de cumprir a tarefa, que vai ser de cansar a perna. Me disseram que não dá pra atravessar o guri pela estrada principal, melhor não arriscar: o passaporte é bom pra apresentar numa ou outra batida em Montevidéu, mas a cópia não se garante muito num olhar mais demorado na aduana. Por isso, essa empreitada é como se fosse um chibo a mais: só que em vez de farinha e erva, levo um guri na carona.

A combinação é simples: sentar e esperar na praça em frente à catedral, bem ali onde ficam as casas mais antigas da cidade, uns prédios até bonitos e que andam pelos seus duzentos anos. Ficamos lá, olhando as muchachas, comentando do tempo, perguntando se vem chuva e papeando de qualquer assunto que não dê na vista, até que eles cheguem. Vão ser dois, um homem e uma moça que eu não conheço, ele carregando um violão e ela de pantalona amarela. Quando chegarem, o companheiro segue junto com eles até Montevidéu: a minha tarefa é atravessar a fronteira com o guri, passar invisível longe da aduana e da polícia da fronteira, cruzando esses campos de Deus Nostro Senhor, que é coisa que faço bem. Largo ele, faço meus negócio e volto. E aí fico por aqui, tentando organizar os rural, na espera da próxima tarefa.

Mas chega de pensamento, porque estão batendo palmas aí fora. Vamos lá, cusco. Hora de ir pra frente de casa pra responder que hoje o pêssego tá em falta.

CAPÍTULO 23

O NARRADOR, EM ACEGUÁ

Próxima, Aceguá era um fraco clarão de luzes esmaecidas no meio da escuridão sem fim do pampa. Não se enxergavam os campos, mas se imaginavam suas solidões porque apenas de quando em vez e sempre ao longe se divisavam uns pontinhos de claridade — um poste, uma lâmpada amarela, a luz inexata de um lampião — parecendo estrelas baixas e interrompendo por instantes o negror da noite. Fernando olhou para cima: céu que não cabia num só olhar.

Estavam no fim desta primeira viagem. Jorge Augusto já decidira: voltaria aqueles sessenta quilômetros até Bagé, onde dormiria seu cansaço tenso em qualquer hotel que lhe oferecesse banho quente e lençóis limpos, e amanhã na primeira hora retomaria a estrada até Porto Alegre — a missão cumprida, certeza de ter ajudado sem perguntas aquele menino que agora, ao seu lado, respirava profundamente, como se quisesse guardar dentro de si um resto de ar brasileiro e melhor se preparasse para a segunda viagem que estava prestes a começar e cujo final ninguém sabia ao certo.

Fernando tinha a descrição da casa e sabia que ficava no fim da rua principal, já meio afastada de tudo. Não lhe haviam dado o nome da rua, endereço, mas disseram que era desnecessário: seria fácil encontrá-la.

Aceguá era mesmo um pequeno ajuntamento de casas simples, um ou outro comércio já de portas fechadas, tudo mais à esquerda da via por onde haviam chegado e que, deixando de ser estrada, se transformava na rua principal do lugar. À direita, uma ou outra cintilação no meio de um manto preto que cobria o que certamente seriam campos. Fernando, curiosidade súbita, perguntou:

— Tio, será que isso ainda é o Brasil ou já é o Uruguai?

Jorge Augusto olhou para aquela escuridão tão ampla e apenas respondeu que não sabia.

— Porque fronteira é sempre uma coisa mais iluminada, vigiada, cheia de gente. Ao menos isso é o que a gente vê no noticioso, nos jornais, nos filmes. Nunca é esse deserto que a gente tá vendo.

— Talvez a fronteira mesmo seja um pouco mais longe — comentou o motorista.

— Pode ser... — respondeu Fernando, mais para si mesmo. E de repente assaltou-o com mais força a agonia que, em diferentes camadas, o acompanhara durante toda a viagem: e se fosse mesmo uma fronteira cheia de guardas, vigilância, o escambau? Como fariam a travessia?

Jorge percebeu a angústia do passageiro:

— Mas acho que é assim mesmo, meio vazia — e apontou com o queixo a meia dúzia de casas que enxergavam. — Não precisa muita estrutura num lugarzinho minúsculo como esse.

— Sim — tranquilizou-se Fernando (tanto quanto podia se tranquilizar).

— Mas logo tu já vai saber. E agora vamos ver se achamos a tal da casa — disse Jorge.

Em marcha lenta, cruzaram por uma pracinha pouco

iluminada e deserta. Mais adiante, passaram por um boteco estreito, na frente do qual três homens, copos de cerveja na mão, cumprimentaram com gestos preguiçosos aquele carro desconhecido e que poderia render algum assunto em outra de suas noites mesmas. Nessa hora, Fernando teve um acréscimo na angústia; sua alma urbana talvez não imaginasse um lugar tão pequeno.

— É uma casa de tijolo cru, com portão amarelo. Deve ser bem no fim dessa rua — e apontou para a frente, desnecessário.

— Certo. Abre o olho, nesta escuridão não é tão fácil de encontrar.

Andaram muito devagar, olhando as casinhas de janelas fechadas e iluminação fraca. Quase ninguém à vista, pouca gente em frente às casas. Um minuto, talvez dois, e já estavam se aproximando do final do caminho — havia uma descida e agora o terreno era de chão batido, numa buraqueira que fazia a Variant ir ainda mais lenta.

Quando chegaram bem ao fim, onde as casas eram ainda mais afastadas e já não havia postes de iluminação, Fernando pediu a Jorge Augusto que parasse:

— Acho que é aqui — e apontou para uma casinhola que se parecia à que lhe haviam descrito. Muito mais derruída, claro: a imaginação classe média de Fernando pintara uma moradia bem cuidada de tijolos à vista, o pátio à frente com flores, cerquinha de ripas amarelas combinando com a porta e as janelas, e o que enxergava agora era uma habitação muito pobre e minúscula, meia-água de tijolos crus e desgastados, na qual o amarelo desbotado da porta mais se adivinhava do que efetivamente se via e cujo pátio não era mais do que uma faixinha de terra dura e seca na qual se amontoavam pneus velhos e madeiras que mais adiante serviriam de lenha e se transformariam em fumaça a subir pela chaminé de latão precariamente presa à parede.

Desceram ambos do carro, esticando as pernas e colocando a coluna no lugar depois de todas aquelas horas. Não viram qualquer movimento na casa— mas só poderia ser essa. Fernando então bateu palmas, timidamente, tentando fazer com que aquele gesto só alertasse mesmo quem morasse ali e não despertasse qualquer atenção na vizinhança de casebres parecidos em suas pobrezas.

A porta se abriu e nela apareceram um cachorrinho manco, que latiu sem muita força à vista daquela novidade estranha, e o homem grande, vestindo bombachas de lida e calçando umas alpargatas de corda que talvez houvessem sido azuis, mas que agora tinham apenas a cor do pó avermelhado do lugar.

— Boa noite — cumprimentou Fernando, em voz baixa. Então, num volume ainda menor, como se tivesse receio de perguntar: — Me disseram que é aqui que se vende pêssego.

— Mas hoje o pêssego tá em falta — respondeu rápido o homem, abrindo um sorriso meio desconfiado e avançando sem dizer mais nada em direção a Fernando, o cachorrinho manquitolando logo atrás. Cumprimentaram-se num silencioso aperto de mão e o homem apontou Jorge Augusto com o olhar, como a perguntar quem era.

— É meu vizinho — entendeu Fernando. — Tudo bem, foi quem me trouxe.

— Buenas, então — comentou Antonio, estendendo o cumprimento a Jorge Augusto. E depois, abrindo certo sorriso, enquanto o cachorro cheirava com pouca curiosidade as canelas dos recém-chegados. — Vamos entrando? Tem um mate pronto.

— Sim, melhor entrar logo — respondeu Fernando. — A vizinhança pode desconfiar.

— Não, não. É tranquilo. O pessoal tá acostumado. Seguido aparece gente diferente pra comprar umas bobagenzinha que eu trago dali do Uruguai — e mais não disse, deixando os detalhes à imaginação de quem quisesse.

Jorge Augusto afugentou com suavidade o cachorro e achou melhor nem entrar.

— O senhor me desculpe, mas vou seguir viagem. Ainda preciso voltar até Bagé, pegar um hotel, tomar banho, espichar o corpo e descansar. Amanhã de manhã bem cedo volto para Porto Alegre. Não tenho mais idade para essas empreitadas — comentou, simpatia protocolar.

— Bagé é lejos, amigo — disse Antonio.

— Lejos?

— Longe — depois, apontando para o ranchinho mal iluminado. — Se quiser, se arranche hoje por aqui. Sempre se dá um jeito.

O cansaço chegou a tentar Jorge Augusto, mas ele olhou meio sem perceber para a construção, os tijolos sujos, a pintura descascada, o pátio descuidado, e pressentiu que dentro dela haveria um certo ranço fumacento e malcheiroso que não lhe permitiria dormir. Sessenta quilômetros mais não fariam diferença para quem já havia rodado tanto naquele dia, e as recompensas seriam certamente o banho quente e lençóis limpos. Merecia aquele conforto: o tanto de aventura de hoje já era suficiente.

— Não, obrigado. Volto até Bagé, já fico mais perto de casa.

— Bueno — respondeu Antonio, apenas.

Fernando foi até o carro e, do banco de trás, puxou a mochilinha na qual carregava as poucas mudas de roupa, a escova de dentes e os livros. Examinou o banco onde antes estava sentado, apenas para se certificar de que não esquecia nada, depois colocou a mão no bolso talvez pela centésima vez na viagem, verificando que os pesos que lhe haviam conseguido e o passaporte falso estavam mesmo ali. Então fechou os olhos por um segundo, interrompendo aquela escuridão diferente, como a buscar a certeza de que tudo aquilo valia a pena.

E valia. Precisava valer.

Quando abriu os olhos, Jorge Augusto estava à sua frente. Antonio cumprimentara o motorista e se distanciara até a porta da casa, o cachorrinho manco sentado ao seu lado, percebendo ambos que aquele instante pertencia apenas aos dois viajantes.

— Estou indo então — disse Jorge, e de repente enxergou Fernando com olhos novos. À frente dele, não estava mais o moleque que jogava futebol na rua com seu filho, que disputava os torneios de bola de gude no chão batido do pátio, que brincava de polícia e ladrão, o vizinho que entrava na sua casa sem bater na porta e que certamente havia dividido com Cláudio a ansiedade das primeiras revistinhas de mulher pelada. Não. Agora, quem estava ali, parecendo subitamente sem medo, era um homem franzino e corajoso, parecendo maior do que realmente era, pronto para enfrentar aquela travessia, cruzar ao mesmo tempo tantas fronteiras e encontrar o ignorado apenas com aquele terno sem corte, a mochila quase vazia, alguns companheiros desconhecidos e aquela enorme vontade de mundo. Ainda outra vez, Jorge percebeu que não entendia bem a luta de Fernando — melhor não entender, os dias pareciam não estar para isso. Mas os olhos simples do garoto lhe davam certeza de que era uma luta boa.

— Obrigado por tudo, tio — agradeceu Fernando, a mochila nas costas, estendendo a mão.

Naquele instante, Jorge esqueceu a seriedade morna de chefe de seção. Agarrou a mão do companheiro de viagem e puxou-o para si, num abraço meio desajeitado em que alcançava um pouco das costas e outro tanto da mochila, mas que naquela hora era muito mais do que um simples gesto de despedida; ali estavam também o abraço fraterno de Cláudio, o abraço apaixonado de Clara, o abraço esperançoso de todos os companheiros, o abraço triste que os pais de Fernando não puderam dar. Havia muitos braços naquele abraço.

— De nada — respondeu Jorge, a voz estranhamente embargada, enquanto ainda apertava o outro contra o seu peito com a força de tio emprestado. — Me promete: logo que der, dá um jeito de mandar notícias pro teu pai e tua mãe. Tranquiliza eles um pouco. E te cuida, Fernando.

O outro assentiu em silêncio e se afastou carinhosamente da largueza daquele abraço, recompondo a mochila que lhe escorregara do ombro.

— Ernesto, tio — e, enquanto puxava do bolso o passaporte feito há pouco e já se dirigia à porta amarela da casa, onde o companheiro e o cão o aguardavam: — O meu nome agora é Ernesto.

CAPÍTULO 24

A VOZ DO NARRADOR, VOLTANDO COM JORGE PARA BAGÉ

Quando deixou para trás as luzes quase apagadas de Aceguá, Jorge Augusto alarmou-se por alguns instantes: retornava agora sozinho a Bagé por aquela estrada escura e desconhecida, paisagem invisível — e por isso um pouco ameaçadora —, e sua condição imutável de barnabé metódico era aquela que, ao mesmo tempo em que lhe dava a certeza de como consertar um pneu que furasse (seguindo todos os procedimentos do manual), também o alarmava com a chance do imprevisto, talvez se encontrar com perigo na forma de gente ou outro bicho.

E havia também outra razão para o breve alarme: o marcador de gasolina indicava pouco mais do que um quarto de tanque e não havia qualquer posto aberto no caminho. Jorge sabia que, com aquele tanto de combustível, chegaria com certa tranquilidade ao conforto do banho quente e da cama limpa, bastaria manter a velocidade moderada — a mesma que, em verdade, andaria em qualquer situação. Mas era o passo fora da rotina que o alarmava: nunca deixava o nível da gasolina abaixo da metade, o ponteiro o iria importunando até que — certamente com folga — chegasse a Bagé.

Aqueles sessenta quilômetros de solidão sombria e silenciosa e a insegurança inexistente do marcador de combustível eram suficientes para encher de tensão o percurso de Jorge Augusto. Tentou sintonizar o rádio, a fim de escutar algo além do motor da Variant, e apenas conseguiu uns novos chiados, um pouco em português e outro tanto em castelhano, em que mais se adivinhavam do que se compreendiam as palavras. Desligou o aparelho depois de um tempo: aquele zumbido e a incompreensão do que diziam ou cantavam deixavam-no ainda mais tenso.

Eram já quase onze da noite quando enxergou as tranquilizadoras luzes de Bagé. A diferença entre as claridades, pensou ele. Algum senso e a memória foram-no dirigindo às ruas centrais, onde ficava o hotel em que havia se hospedado anos atrás, e foi com certa surpresa satisfeita que o encontrou, iluminado em frente à praça, sem necessidade de perguntar qualquer indicação às pessoas que, pelas calçadas, pareciam aproveitar a noite de sexta-feira.

Estacionou a Variant. Antes de descer do carro, suspirou seu alívio e perguntou a si mesmo se tinha fome. Não, decidiu; toda aquela aventura e as bolachas consumidas ao longo do caminho lhe haviam desregulado por demais a rotina, e onze da noite não eram mais um horário para alguém tão sistemático comer.

O recepcionista assistia a Sessão de Gala no televisor do saguão e atendeu com um olho espichado ao filme aquele hóspede tardio e quase sem bagagem que pedia um quarto simples, que tivesse apenas banho e uma cama boa.

— A que hora começa o café da manhã? — perguntou Jorge, enquanto terminava de preencher a ficha de hospedagem e o moço lhe estendia a chave da habitação, pendurada num grande chaveiro de madeira, onde estavam pirogravados o número do quarto e o nome estilizado do hotel.

— Sete horas, senhor.

— Vou ser o primeiro a chegar — comentou Jorge Augusto, com bom humor. Tinha nas mãos a chave do seu conforto.

O quarto era simples e amplo. Jorge Augusto dispôs sobre a cadeira de canto a pequena valise onde carregava uma muda de roupas, a nécessaire e o remédio para pressão alta, enquanto só pensava em tomar um banho e dormir.

Já não pensava em Fernando, não conseguia pensar que ele enfrentava agora uma escuridão do tamanho de cem estradas e que as incertezas que o moleque confrontaria fariam invisível a preocupação com um tanque de gasolina, que as vicissitudes que ele precisaria encarar tinham muito mais peso que um pneu furado e que os perigos que divisaria eram bem maiores que a ameaça de um lobo-guará a um carro parado no meio da noite.

Não. Não pensava em nada disso. Amanhã tomaria o café e voltaria a Porto Alegre, prestando pouca atenção à paisagem e ansioso para que a segunda-feira chegasse e pudesse voltar à segura rotina de cidadão de bem, ao imutável costume do homem sóbrio e comedido sobre quem nunca paira qualquer suspeita. Quando chegasse em casa, contaria logo a Cláudio que deixara Fernando seguro no endereço indicado e então, bom funcionário que era, carimbaria um "arquivado" em sua aventura.

Era apenas nisso que pensava. Nisso e no banho acolhedor que tomaria agora, para logo depois se deitar na cama de lençóis brancos e dormir o seu sono de homem sem sonhos.

CAPÍTULO 25

O NARRADOR, ACOMPANHANDO ERNESTO E ANTONIO

— Tal vez fué aquella la madrugada más linda del mundo — disse Antonio, olhando a noite que, avermelhada no horizonte, começava a dar lugar ao dia. Depois virou-se para Ernesto, apontando a escuridão suave que se ia, o sorriso largo em que faltavam uns dentes mais ao fundo: — Não é minha essa frase, che. Tá num conto do Morosoli, uruguaio e escritor. Um dos melhor.

— E é mesmo a madrugada mais linda do mundo, essa? — perguntou Ernesto, num bocejo e sem se surpreender com o comentário: na casinha pobre do companheiro, havia uma estante cheia de livros.

— Até acho que não. Mas é preciso dizer sempre uma frase desse tipo pra acordar mais animado às quatro e meia da manhã — gargalhou o homem, e sua risada atiçou o cachorrinho manco, que se apoiou em sua perna como se também sorrisse.

Antonio acariciou o cachorro, enquanto ordenava:
— Vai te deitar, Murci. Vou te trazer um pedaço de salame de Melo.

— Murci, por que esse nome? — indagou Ernesto, intrigado e quase divertido; aquelas conversas triviais, com um companheiro a quem já tanto devia, o ajudavam a diminuir a bola no estômago.

— Murci de murciélago. Morcego em espanhol. Quando esse cusco apareceu por aqui, era igual a um morcego. Só orelha e feiura. Depois é que foi crescendo ao redor das orelhas — e ele riu com gosto, enquanto Murci, já deitado no seu canto, sacudia a cauda feito concordasse.

Ernesto olhou para a noite clara, aquela desconhecida; talvez fosse mesmo a madrugada mais linda do mundo.

— E por que é que a gente precisa sair tão cedo? — bocejou ele novamente, enquanto tratava de afastar a lembrança da cama arrumada pela mãe todos os dias.

— Porque a essa hora os polícia da Móvel ainda não acordaram. E porque a combinação é se encontrar ao meio-dia na praça de Melo e de bicicleta até lá carregando bagagem — apontou para Ernesto, rindo — não é empreitada fácil — parou um pouco e depois adendou, ainda rindo: — Mas não vai ser tão difícil, tu é livianinho. E sobe na garupa, que é hora de tocar o pé.

Ernesto subiu na garupa da bicicleta, mochila presa às costas, e sentiu sob as nádegas a dureza fina do bagageiro. Colocara na bagagem a roupa com que viajara no dia anterior e vestira uma calça e uma camisa mais confortáveis e que se pareciam mais com ele; os sapatos, solenes e desconfortáveis, deixara no casebre de Antonio, ao lado do sofazinho onde havia dormido, para que o amigo fizesse deles o uso que bem lhe aprouvesse.

Antonio montou na bicicleta e examinou os pedais. Depois, como se não houvesse ninguém na carona, iniciou a viagem. À frente deles, na claridade cor de laranja que descia com leveza, já se adivinhavam as estradinhas clandestinas de chão batido e aquela imensidão misturada de campo e de céu.

A manhã trouxe uma infinitude de sons e pequenas paisagens que no dia anterior, apenas passando de carro e escutando o motor comportado da Variant, Ernesto sequer adivinhara. Enxergara somente o verde dos campos, sempre mais ao longe, como se fossem uma espécie de coisa única; agora, enquanto Antonio pedalava a Medalha de Ouro vermelha cuja correia havia engraxado com uns pingos de óleo de cozinha antes de partirem, Ernesto percebia toda a riqueza multicor ao seu entorno. A bicicleta ia em marcha segura pelo caminho de terra seca que atravessava campos de ondas suaves com tantos matizes e cobertos de um lado ao outro por um céu que parecia não caber no mundo. Uns capões e tantas árvores soltas, açudes rasos que pareciam pequenos espelhos reluzindo ao sol, em cujas margens barrentas as garças, maçaricos e saracuras faziam a festa bicando insetos e girinos. Ouvindo o arrastar ligeiro das rodas na terra e o zunido miúdo que a bicicleta fazia enquanto cortava o vento pampeano, Ernesto escutava também o canto dos pássaros que cruzavam o céu no seu alarido matutino ou que pareciam espiar do esconderijo das suas árvores perdidas aqueles dois forasteiros que tão fugazmente invadiam a paisagem.

O caroneiro tinha vontade de perguntar tantas coisas, mas decidira ficar em silêncio para não atrapalhar a marcha de Antonio, que, pedalando com firmeza, não dava qualquer sinal de cansaço. Mas quando enxergou um gaviãozinho pousado em cima de um moirão de cerca se deu conta de que boa parte dos campos que ladeavam a estradinha era circundada por arame liso ou farpado; aquela vastidão pertencia a alguém.

— De quem são essas terras? — perguntou, gritando.

Antonio virou rápido a cabeça:

— Duns três ou quatro. Mas por aí tem um ou outro ranchinho de gente que ocupou. É tanta terra, hermano, periga os dono nem dar por falta! — e riu, voltando-se novamente para o caminho.

Ernesto mirou outra vez toda a extensão, e mesmo que agora a enxergasse com outros olhos, ainda achava linda aquela paisagem. Vasto mundo, pensou, o que me espera nessa viagem forçada? Olhou para trás, a terra que lhe estava sendo proibida:

— Quanto falta para chegar na divisa com o Uruguai? — perguntou.

Antonio deu uma gargalhada e rabeou um pouco a bicicleta:

— Che, em cinco minuto de pedalada a gente já tava no Uruguai! Esses campos — e apontou com a mão esquerda, fazendo um gesto que se estendia — é tudo uruguaio!

— Mas não tem uma fronteira, uma divisa? Uma marca?

— Até tem uma plaquinha, lá atrás. Mas a fronteira mesmo é o campo, Ernesto — e voltou sua atenção à estrada, enquanto ao longe, muito ao longe, se escutava o latido perdido de um cachorro.

Por volta das nove horas, quando já haviam avançado por diversos caminhos de chão batido, pararam ao lado de um riacho pedregoso, próximo a um capãozinho de mata baixa, para que comessem as fatias de pão branco e o bocado de queijo caseiro que Antonio trouxera num farnel preso ao quadro da bicicleta, e para que ele descansasse um pouco mais as pernas, já que — exceto por duas pequenas interrupções de minutos apenas para tomar água — não havia cessado de pedalar em nenhum momento.

— Não tá cansado? — perguntou Ernesto.

— Até que não. Quando dá pra andar pelas estradas, cansa muito menos.

— Como assim?

— Quando eu levo meus quilo e a Móvel pega, eles destroem quase tudo. O que não destroem, levam pra eles: um uísque, cigarro. Então não dá pra facilitar e a gente vai mais é pelo meio do campo mesmo — e apontou a lonjura de terreno acidentado, capim alto e umidade, paus e pedras no caminho, canhadas e cupinzeiros por onde geralmente andava. — Mas se eles me pegam só dando uma carona, não vão querer ficar com o caroneiro — e riu alto, a risada subindo naquela vastidão verde e azul.

— Mas eu não sou muito pesado? — curiosou Ernesto, enquanto pegava a garrafinha de água que Antonio alcançava.

— Tranquilo. E tu não é nem o primeiro e nem o segundo que eu atravesso numa empreitada dessas. Periga até ter brasileiro te ajudando lá em Montevidéu — depois adendou, sério: — Cada qual com sua missão, companheiro.

A missão, pensou Ernesto. Cumprindo sua missão, tinha sido preso e o haviam arrebentado a trompaços que, tantos dias depois, ainda lhe doíam no corpo e na alma. Cumprindo sua missão, agora começava um caminho sem pátria e cujo fim não se enxergava. Cumprindo sua missão, cumprindo sua missão. Mas vai dar tudo certo, animou-se ele, enquanto comia um pedaço do queijo que a generosidade de Antonio lembrara de trazer.

— Vamo indo, que ainda tem chão pela frente — comentou Antonio.

— Falta muito? — Ernesto sentia o desconforto do assento de ferro; mas não podia comentar isso com o homem que, pedalada e pedalada, não reclamava do peso e do cansaço.

— Não muito. Onze e pico chegamo em Melo. Daqui a pouco começa o movimento e aí já vamos estar perto.

Quando Antonio falou no movimento, Ernesto se deu conta de que, durante todo o caminho, haviam cruzado por alguns cavalos e muitos bois e vacas espalhados pelos campos, mas eram raras as pessoas que tinham visto, num ou noutro ranchinho fumacento de barro ou tijolo cru — e a todas o companheiro tinha cumprimentado com familiaridade, como se bem as conhecesse.

— Quase ninguém no caminho — comentou ele, sem saber o que pensar disso.

— No Uruguai não somos muita gente — respondeu Antonio.

— Tu é uruguaio? — perguntou Ernesto.

— Não, nasci no Brasil. E não foi em Bagé, nem em Aceguá. Mas quem mora na divisa sempre é um pouco uma coisa e um pouco outra. Meio brasileiro, meio uruguaio. O Uruguai é meu paisito.

— E já faz tempo que tu tá em Aceguá?

— Sim, faz anos.

— E por que tu foi parar em Aceguá?

— É uma história muito longa. Não dá tempo de te contar — respondeu Antonio, mistério e sombra na voz. Depois ordenou, como se fosse um pai: — E agora sobe na garupa da bicicleta, guri. Já te disse: ainda temo chão pela frente.

Chegaram a Melo passados poucos minutos das onze. Primeiro apareceu um casario pobre, meias-águas de tijolos baratos mal salpicadas de reboco ou pintadas de velhice, em cujos pátios de terra seguidamente se amontoavam madeiras ou ferros que para algo deveriam servir. Em várias casas, a fumaça subia pelas chaminés de latão, adivinhando o almoço — um arroz, batatas, fressuras, carne fervida — que já se aprontava no fogão a lenha, enquanto no passeio, em cadeirinhas de praia ou banquinhos de madeira, os moradores conversavam ou tomavam em silêncio distraído os seus mates.

Depois passaram por um campinho de futebol bem cuidado, onde a molecada suava em diversão a manhã de sábado. É sábado, deu-se conta Ernesto: será que o tio Jorge já pegou a estrada de volta a Porto Alegre? E vou conhecer Montevidéu num sábado, pensou ele, sem saber o que fazer com aquilo — tanta coisa acontecendo, lutas e medos dividindo o espaço ao mesmo tempo em que se avolumavam.

— Daqui a pouco é o centro. É lá que vamo encontrar a companheirada — avisou Antonio, perna e perna, parecendo novo, como se ainda há pouco houvesse acordado.

— Bom — respondeu Ernesto, sentindo novamente no estômago aquela bola de angústia e incerteza.

Ficaram em silêncio o resto do percurso, Antonio concentrado nas últimas pedaladas e Ernesto tentando não pensar em nada, apenas olhando aquela cidade baixa e simples que ia aparecendo à sua frente.

Quando já estavam bem próximos ao centro, Antonio anunciou que parariam uns instantes no armazém onde costumava comprar, a fim de pegar as encomendas que o povo de Aceguá lhe havia feito.

— É aí que eu tiro o custo da viagem — riu, enquanto estacionava a bicicleta em frente a um prédio antigo e bonito de esquina, em cujo cimo uma placa colorida anunciava "Provisión Rodriguez".

— Agora largo a militância um pouco de lado e viro quileiro de novo — comentou, enquanto cadeava o guidom da bicicleta nas grades da janela.

— Tu sempre leva coisas daqui pro Brasil? — perguntou Ernesto, enquanto esticava as pernas e massageava o dolorido dos joelhos; as viagens cobravam seus preços.

— Depende. Quando o Uruguai tá mais barato, levo mercadoria daqui pra lá; quando é mais barato no Brasil, trago de lá pra cá. Encomenda sempre tem. Hoje é coisa pouca, mais pra aproveitar a viagem.

Entraram no armazém e Antonio saudou Dom Rodriguez com naturalidade, certamente eram conhecidos há tempo. Enquanto pegava nas prateleiras os produtos encomendados e os colocava pouco a pouco no balcão — uns quilos de erva-mate, pacotes de macarrão, alfajores, cinco garrafas de vinho tinto e duas de medio y medio, uma forma de pudim, uma chaleira, sete potes de doce de leite, caixa de sabonetes para dar de presente à namorada —, Antonio ia conversando amenidades com o dono do armazém, o caro que andavam as coisas, o tempo, a quantas ia o Penharol, coisas assim.

— ¿Y los blancos, Rodriguez? — perguntou ele, divertido.

O dono do armazém fez apenas uma careta de nojo e estendeu os dois polegares para baixo, enquanto respondia:

— ¡Que se jodan, los blancos! — e riram ambos. Antonio piscou para Ernesto e achou importante explicar:

— Rodriguez é do comitê do Partido Colorado aqui em Melo, tem uma gana dos blancos que vou te contar. Por isso eu sempre provoco ele.

Quando já havia colocado as mercadorias no balcão, Antonio conferiu sua listagem para ver se estava tudo lá. Depois, como de costume, pediu a Rodriguez uma caixa grande de papelão e barbante, a fim de acondicionar tudo na carona da Medalha de Ouro. Por fim, pediu dois quilos de queijo dambo e uma perna de salame.

— O salame é regalo pro Murci — comentou, enquanto pagava.

Quando saíram do armazém, Ernesto estava inquieto: eram já onze e quarenta, precisavam estar ao meio-dia no lugar combinado.

— Tranquilo, guri. A praça fica a duas quadras daqui. Vamo caminhando, logo chegamo lá — e empurrou a bicicleta cheia de volumes, enquanto apontava a caixa e comentava divertido: — Muito mais leve que tu.

Em cinco minutos chegaram à Plaza Constitución. Era uma praça bonita e cuidada, de espaços amplos e bem distribuídos que ocupavam duas quadras do centro histórico, cheia de árvores e brinquedos onde as crianças escorregavam e se balançavam em alegrias ruidosas, enquanto algumas mães conversavam seus cotidianos. Ao centro da praça, ocupando um espaço que lhe era justo, estava o monumento a José Artigas, encimando uma escadaria baixa e larga e de costas para a catedral de Nuestra Señora del Pilar y San Rafael que, há um século, em seu prédio majestoso, dividia com a praça as atenções dos domingos. Sob a estátua, uma frase do prócer que Ernesto gostou, tanto por seu significado quanto por tê-la entendido: "Para mi nada mas lisonjero que los pueblos expresen su voluntad". Ao redor da Constitución, espalhados em suas sobriedades, vários casarões belos e antigos cuidavam de lembrar da importância da memória.

— Sabe quem tinha casa aqui? — perguntou Antonio, enquanto sentavam-se em um banco para esperar os uruguaios. — O Bento.

— Que Bento?

— Bento Gonçalves, che!

— O da Revolução Farroupilha? — espantou-se Ernesto.

— Esse mesmo.

— Capaz!

— Ele morou por aqui, era estancieiro e rico. E naquela época, tinha ainda menos fronteira do que agora. Era campo e campo.

— Bah! — disse Ernesto, e nessa expressão talvez estivesse contido um quilômetro de comentários. Recebera uma informação que poderia merecer um discurso, mas o fato é que, sentado ali no banco em que seria entregue aos novos companheiros desconhecidos e prestes a se despedir de vez do Brasil quando Antonio fosse embora, nenhuma palestra era possível. A bola no estômago.

Ficaram em silêncio por um tempo, olhando os casarões e o nada, Ernesto sentado no banco e Antonio de pé ao seu lado. Apenas para fazer alguma coisa, Antonio esfregou o quadro da bicicleta, limpando certa sujeira imaginária, e verificou novamente se a caixa de papelão estava fechada e bem presa ao assento da carona. Depois sentou-se ruidosamente ao lado de Ernesto, colocando a mão no seu ombro, e apenas disse, enquanto apontava com o queixo a dupla pontual que chegava de violão e pantalona amarela, conversando como se fossem apenas mais duas pessoas na praça:

— Os amigos tão chegando.

CAPÍTULO 26

NA VOZ DA MOÇA DE PANTALONAS AMARELAS

Lo que combinamos es que nos encontraremos al medio día en la Plaza Constitución, frente a la catedral. No hay forma de equivocarse: es la plaza principal de Melo. Van a ser dos los compañeros brasileros, pero solo Ernesto sigue con nosotros hasta Montevideo. El otro vuelve para Brasil. No sabemos mucho cómo son, solamente que son dos y que van a estar en bicicleta. ¡En bicicleta, imagínate! Pero lo combinado es que ellos tomen la iniciativa de hablar con nosotros. Nos quedamos en la plaza, esperando el contacto. Por eso nuestra identificación: Facundo llevará una guitarra (porque él sabe tocar bien) y yo estaré vestida con unos pantalones amarillos muy llamativos.

Vamos hasta allá por la ruta 7. La idea es salir bien temprano de Montevideo, en la madrugada. Dicen que la carretera está buena pero nunca se sabe, es la primera vez que Facundo y yo vamos a Melo. Y además siempre está la posibilidad de ser parados en un control policial, porque desde que secuestraron al gringo, las salidas de Montevideo son un infierno. Inclusive por eso, vamos en un auto que nos prestó Fito que tiene toda la documentación al día y lo más importante: está registrado a nombre de su padre; ningún miliquito va a tener el coraje de complicarnos con un auto que está a nombre de Don Pascual Olaso. Y si quisieran complicarla de todos modos, tenemos la explicación lista: Facundo es empleado de la estancia de Don Pascual en Melo y yo soy su novia — a Facundo sí que le gustaría que eso fuera cierto. Por eso andamos en ese auto.

Recogemos a Ernesto en Melo y viene con nosotros para Montevideo. Dijeron que no habla casi nada de español, pero que aprende fácil, es valiente y decidido. Él va a pasar unos días en mi apartamento. Es lo mejor, porque vivo sola; nadie tiene que explicarle nada a nadie. Se queda una semana, unos diez días, ambientándose. Mientras tanto nos vamos a reunir para discutir cómo van a ser los próximos pasos, porque la urgencia de los compañeros de Brasil hizo que nosotros sólo nos preocupásemos en cómo ir a buscarlo a Melo. Después veremos lo qué puede hacer, cuál será su papel.

Por ahora lo que importa es que Ernesto esté seguro.

CAPÍTULO 27

O NARRADOR, AO FINAL, NA PLAZA CONSTITUCIÓN

A dupla se aproximou com certo vagar, cruzando os olhares com indiferença estudada, porque ambos já sabiam, desde que haviam entrado na praça, que aqueles dois eram os brasileiros que os aguardavam. Para que parecessem ainda mais naturais, Facundo tocava uma espécie de candombe, beliscando as cordas e batucando na caixa do violão desafinado que levava pendurado ao pescoço, enquanto sua companheira balançava o caminhar, feito estivesse mais ou menos dançando, a boca de sino das pantalonas amarelas quase arrastando na poeira pequena do caminho. Os uruguaios deram uma pequena parada uns metros antes de chegarem ao banco onde estavam Ernesto e Antonio, como se Facundo tivesse que ajeitar a alça do violão, e neste momento sua companheira olhara brevemente para os dois, adivinhando que levariam para Montevidéu o mais petiço, que não parecia ter pernas para pedalar aquela bicicleta cheia de pacotes. Depois retomaram o caminho, passando à frente dos dois com uma lentidão que agora pareceria afrontosa se os quatro já não soubessem que haviam se encontrado.

Quando já tinham passado uns passos da dupla sentada no banco, escutaram a voz de Antonio:

— ¡Hola, chicos!

Os dois se voltaram, meio sorriso em seus rostos.

— ¿Ustedes son de Montevideo?

— Sí.

— ¿Pueden llevar a mi amigo cuando regresen? — não era uma pergunta; era a senha.

— Por supuesto. Pero primero tenemos que comprar unas cositas — respondeu ela; era a contrassenha.

Então os dois voltaram, a expressão de tranquilidade que traduzia o cumprimento da primeira parte da missão, e todos se saudaram com menos entusiasmo do que gostariam, porque a praça estava movimentada e também no Uruguai eram tempos de desconfiança.

— Antonio — apresentou-se Antonio, apertando com simpatia as mãos dos recém-chegados.

— Ernesto — secundou Ernesto, imitando o gesto do amigo.

— Facundo — o uruguaio se desvencilhou das alças do violão para cumprimentar e ser cumprimentado.

— Clara — disse a moça das pantalonas amarelas, enquanto sorria para Ernesto.

Clara, sorriu ele — uma coincidência boa. E como estaria Clara, no Brasil? — um agulhão rápido de saudade.

Ficaram os quatro num silêncio movimentado por uns instantes, talvez esperando a primeira palavra de outro, até que Clara apontou divertida para o pacote na carona da bicicleta:

— ¿Y eso?

— Uns regalos pros amigos — e Antonio já voltara à sua fala de sempre, aquele idioma belo e único da fronteira.

Depois indicou Ernesto, com certo carinho bruto: — O guri não fala muito o castelhano.

— Tranquilo — riu Facundo. Depois adendou, o sotaque forte: — Eu falo um pouquinho de português.

Ernesto apenas sorria, sem falar, sentindo-se confortável. No Brasil, na luta e em casa, talvez fosse suficiente identificar-se apenas com os ideais e princípios de cada companheiro; mas ali, neste país ao qual ainda estava sendo apresentado e onde tudo e todos eram novos, também era importante se sentir acolhido. Era um militante, um lutador — mas também era um moleque de vinte e um anos.

Clara tocou levemente no seu braço, acolhimento a mais, e indicou o automóvel estacionado quase na esquina, em frente a um daqueles casarões.

— Vamos?

E Facundo explicou que era mais seguro chegarem em Montevidéu ainda sob as luzes do dia.

— Aqui também não está fácil, companheiro — adendou, e seu sotaque pareceu a Ernesto ainda mais bonito, porque nele igualmente se escutava a intenção do abrigo.

Ernesto pegou a mochila e ela lhe pareceu mais leve do que nunca; era com quase nada que se jogava ao destino da nova luta. Estendeu a mão a Antonio, como a indicar que se despedia; o outro ainda enfrentaria sob o sol da tarde o caminho da volta. E quando se deram as mãos, Ernesto sentiu o quanto eram calosas sua palma e seus dedos.

— Espera aí — pediu Antonio. Deu dois passos em direção à Medalha de Ouro e abriu com cuidado a caixa presa à carona. Pegou um pacote de bolachas e o alcançou a Clara:

— Pra vocês beliscar na viagem.

Depois tirou da mesma caixa uma camisa campeira de lã que havia levado um tempo para escolher no armazém de Dom Rodriguez e que custara mais ou menos o preço de todas as outras coisas juntas.

— Toma, guri. Às vezes faz frio no Uruguai — e estendeu-a a Ernesto.

O rapaz pegou a camisa, no início sem entender. Um instante depois, se deu conta da generosidade imensa que morava no gesto daquele homem que o conhecia há menos de um dia. Então toda a tensão e angústia dos últimos tempos, todas as dores e humilhações da prisão, todos os medos e incertezas se misturaram de repente num choro intenso e bom, lágrimas que eram ao mesmo tempo alívio e agradecimento, esperança e força.

Os três apenas aguardaram o choro de Ernesto numa mudez respeitosa e solidária. Quando se acalmou, ele sorriu e abraçou Antonio, emocionado, a camisa ainda nas mãos:

— Obrigado, meu amigo. É o presente mais bonito que eu já ganhei.

Antonio manteve no corpo o abraço de Ernesto durante o tempo que este achou necessário. Depois se afastou, braço de um ainda segurando o braço do outro, e com a mão livre limpou disfarçadamente os olhos, enquanto fingia alisar os cabelos.

— Bem capaz, guri! É só uma camisa!

— Que nada! É muito mais do que isso! E é bonita, ainda por cima! — exclamou Ernesto.

Clara e Facundo sorriram e se olharam, divertidos; era uma campeira das mais simples, haveria tantas e tantas iguais a essa nas ruas mais pobres de Montevidéu. Depois se despediram de Antonio e então Clara tocou novamente o braço de Ernesto, que se recompunha enquanto guardava com cuidado o presente na mochila:

— ¡Dale! Ahora tenemos que salir — e bateu duas vezes com os dedos da mão direita sobre o punho esquerdo, como a indicar um relógio invisível. E adendou, em voz baixa: — Montevideo y la lucha nos están esperando.

Ernesto olhou a companheira e percebeu com certa alegria que entendera toda a frase. Sorriu e pendurou num dos ombros a mochila. Deu dois passos em direção ao carro, feito demonstrasse estar pronto para mais essa parte da viagem, essa nova missão, essa luta sobre a qual Clara falava. Mas depois voltou, como se houvesse esquecido algo, e aplicou dois tapinhas carinhosos no selim da bicicleta:

— Tchau, minha camarada. Obrigado.

Então deu um novo abraço em Antonio, que ajeitava os laços recém-abertos do pacote. Foi um abraço inesperado, mas o quileiro logo percebeu que era o gesto de quem, mesmo sem saber, atrasava a partida à qual estava obrigado. Não disse nada no meio desse abraço, enquanto Ernesto repetia suas despedidas e agradecimentos. Quando o rapaz se afastou, ainda em silêncio, deu-lhe dois tapinhas carinhosos no rosto, feito um pai sem jeito acariciando o filho.

— O abraço de antes era pra agradecer a camisa — disse Ernesto. — Esse é pra agradecer por tudo.

E segurando a mochila que lhe escorregava pelo ombro, começou a andar em direção ao carro, onde já o aguardavam Clara e Facundo — agora era o Uruguai. Quando já estava quase na esquina, em passos que precisavam ser decididos, escutou o grito forte do companheiro:

— Guri!

Ernesto se virou. Lá adiante, já começando a pedalar sua volta a Aceguá e às novas esperas, Antonio fez com a mão esquerda o sinal da vitória:
— Vai dar tudo certo, fica tranquilo. E tu é dos bons.

CAPÍTULO 28

COMO SE FOSSE UM EPÍLOGO

Quem escolhe contar uma história, também decide as histórias que não contará.

E quantas histórias fazem parte do personagem que agora nos aparece?

Eu poderia, é claro, contar as razões pelas quais Fernando havia se incorporado à resistência à ditadura, trazer mais detalhes da sua formação, ir quem sabe à própria infância nos campinhos do IAPI, nas vezes em que ele percebia, meio sem perceber, a diferença entre os que tinham chuteira nova e os que jogavam de Conga ou pés descalços. Talvez eu pudesse contar a primeira conversa que tivera com os pais sobre essa desigualdade, a pergunta inocente sem receber resposta, ou pai e mãe dizendo que a vida é assim, uns têm mais e outros menos. Podia contar mesmo a relação dele com os pais, a tempestuosa adolescência, as primeiras leituras por conta própria e um pouco desordenadas, os conselhos e sugestões de algum professor, a escolha pela filosofia sem que o pai ou a mãe entendessem o porquê.

Eu poderia escolher contar tudo isso.

Eu também poderia contar a história um pouco mais próxima de Jorge Augusto, buscar certo colorido na sua narrativa em preto e branco, algo que fugisse do cotidiano gris pelo qual todos o conhecem, espécie de carimbo de seus tantos anos de trabalho na Secretaria. Talvez pudesse aprofundar sua relação com Cláudio e com os vizinhos de quarteirão, os tempos ainda com Tereza, quando os sorrisos eram mais fáceis, a própria tristeza de perder tão subitamente a mulher, o baque duplo de já não ter o amor seguro da sua vida e precisar inventar-se em carinhos paternos para os quais tinha pouca vocação. É possível que nesse contar, nesse aprendizado de pai e filho, esteja presente alguma chave, qualquer pista, pequeno desvio que, para além da amizade fraterna entre Fernando e Cláudio, o autorizasse a essa empreitada que, mesmo por um dia, era tão distante do seu conforto.

Também essa história eu poderia contar.

Poderia falar um pouco mais sobre a célula política ao redor da qual Fernando gravitava e a quem já eram confiadas algumas tarefas mais relevantes — hospedar Wanderley foi apenas uma delas. Quem sabe fosse interessante falar um pouco mais sobre um ou outro dos seus integrantes, o que já pensavam sobre a militância de Fernando, aquele pau para toda obra que servia com consciência e disciplina ao movimento. Eu poderia falar sobre eles, mas talvez a emoção de dizê-los não desse conta: todos com vinte, vinte e poucos anos, coragem e ingenuidade, audácia e candura, ousadia e inocência, madureza e verdor, alguns desaparecidos para nunca mais, culpados apenas por suas vontades de justiça e pão. Eles tinham vinte anos, eles tinham vinte anos — e terão vinte anos para sempre.

Também isso poderia ser contado.

E poderia contar um pouco do ateliê da artista plástica e do porão da casa no Moinhos de Vento, endereços acima de qualquer suspeita, onde às vezes se realizavam, entre senhas e precauções, as reuniões clandestinas. Talvez pudesse aprofundar um pouco mais a resistência subterrânea daquela Porto Alegre do sesquicentenário, pichações na madrugada, bilhetes escondidos, medos nos olhares, panfletos passados de mão em mão, uma ou outra ação mais ousada na qual se escutavam os tiros e o ranger dos pneus.

Tudo isso também se podia contar.

Eu poderia falar um pouquinho mais do Uruguai de Clara nas suas pantalonas amarelas e Facundo com seu violão desafinado naquele ano pesado de setenta e dois, em que a ditadura (repetir sempre essa palavra, repetir e repetir) estava instalada com todas as suas patas no Brasil e abria caminho a botinadas e estado de emergência no país vizinho, onde as pessoas já corriam o risco de serem presas por estarem sem documento. A ditadura chegou em definitivo nas terras uruguaias no ano seguinte (será que Ernesto ainda estava lá?) e, como todas as outras, foi uma noite sem estrelas.

Sim, eu poderia falar do Uruguai.

Eu poderia contar de Antonio, esse personagem que me fascina com seus mistérios e desprendimento, talvez merecesse um livro inteiro. Seus dias naqueles campos imensos e perdidos entre dois países, buscando e trazendo encomendas de um lado ao outro, falando a linguagem colorida e única que só as fronteiras têm, conhecedor dos desvios e atalhos que podiam ao mesmo tempo lhe garantir o sustento e também salvar vidas. Poderia falar de sua generosidade e disciplina, do quanto era sabedor da importância da sua missão, em que o acompanhavam um cachorro manco, a bicicleta de seus tesouros, talvez uma namorada, os tantos e tantos livros e a solidão do pampa.

Antonio seria um livro cheio.

E Clara. Sim, se poderia contar um pouco sobre essa brasileira cujo nome sequer sabemos se é realmente esse. Seria fascinante trazer um pouco mais da história dessa personagem tão rica e complexa, que no início dos sombrios anos setenta, ademais de enfrentar como podia o tacão da ditadura, ainda quebrava as regras ao namorar um cara mais novo do que ela. A vez em que, um pouco a contragosto, tinha sido apresentada aos pais de Fernando, e como bem reagira à maldisfarçada reserva que a mãe do namorado lhe dispensara quando soube sua idade. Poderia falar dos seus amores pretéritos, na militância e fora dela, e da emoção com que lia os versos do *Canto general*, como se aquelas palavras de luta e de terra tivessem sido escritas para lhe renovar a coragem dos dias. E, mais do que tudo, poderia ter falado do amor entre ela e Fernando, das vezes em que riam sem falar em política, das chances de pensarem um futuro somente por se olharem, contar talvez a primeira noite em que dormiram juntos, abraçados e conversando miudezas até a manhã, assuntos que não esgotavam, apenas o amor e nada mais. (Será que esse amor sobreviveu ao exílio ou é outra morte a entrar na conta?)

Seria bonito contar isso. Tão bonito.

Eu poderia ter contado — mais ou menos — todas essas histórias, entrelaçá-las num ramalhete em que Fernando fosse uma espécie de eixo, caule central no qual os demais se apoiariam ou poderiam se entrecruzar. Seria uma história mais longa, talvez interessante — mesmo as vidas comuns possuem certo encanto quando olhadas de perto.

Mas não.

Esta não é a história da infância ou da vida passada, nem da luta até aqui, do amor de Fernando pela namorada ou da namorada por Fernando, das noites em claro distribuindo panfletos proibidos, das ações nas madrugadas, das portas solidárias, dos medos anteriores.

Tampouco é a história do exílio. Importa pouco, aqui, saber se ele permaneceu apenas naquele conturbado Uruguai anterior à ditadura civil-militar ou se seguiu para outros abrigos. E não importa saber se o tempo durou dias (certamente não), meses ou anos. Também não se fala das lutas que mais adiante Fernando teve e tem, nem quem foram ou ainda são seus companheiros. (Prefiro pensar que ele ainda está por aí.)

Não.

Essa é apenas a história da viagem. O que se narra de antes — a resistência, a chegada de Wanderley, a prisão e as ameaças, a escolha de Jorge Augusto — é apenas o suficiente para que se saiba o seu motivo. O motivo, sim, é importante — tristemente importante: um país que expulsava quem pensasse diferente do poder.

É a viagem que (se) conta. Essas poucas centenas de quilômetros percorridos na Variant bem cuidada num dia de sol (assim o imagino) e numa noite grande e estrelada (assim a imagino), na garupa na Medalha de Ouro muambeira, esse caminho em que há sim alguns breves de leveza e tranquilidade, mas que no mais das vezes é apenas angústia e incerteza, de olhos que atravessam um desconhecido palpável chamado fronteira e outro maior e que só adiante terá nome, e que — por mais que ainda o abracem os braços dos companheiros, por mais que lembre as palavras carinhosas da mãe e a brandura seca do pai, por mais que sinta toda a amizade nos gestos de Cláudio e Jorge Augusto, por mais que o acolham naquele novo chão em que pisa, por mais que os beijos e as palavras de Clara estejam junto em todos os instantes — Fernando sabe que essa é uma viagem que, na solidão do exílio que começa agora, precisará fazer

sozinho.

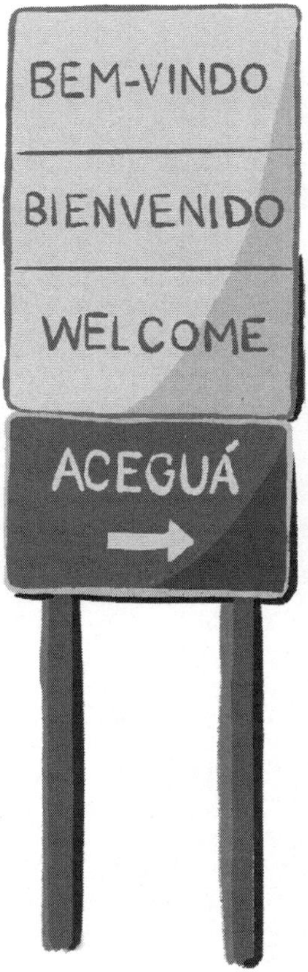
BEM-VINDO
BIENVENIDO
WELCOME
ACEGUÁ

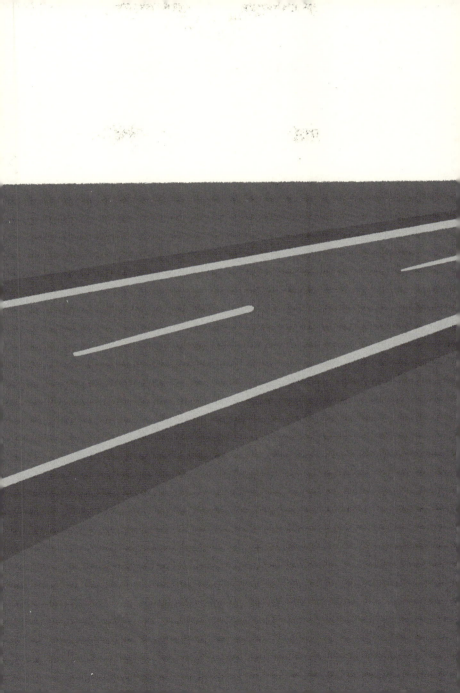

AGRADECIMENTOS

Ao Cláudio Brito, que me deu esta história.
À Luciana Villas-Boas e à Anna Luiza Cardoso, que me ajudaram a escrevê-la.
Ao Fernando Carrau, que traduziu para o espanhol o capítulo da moça de pantalonas amarelas. E ao Fito de Ávila, que em nome de Fernando recebe este agradecimento.
À Andréa, pelas imagens amorosas.
Ao Rodrigo Rosp e ao Gustavo Faraon, por seguirem acreditando.
E ao Pedro e ao Felipe, por todas as razões — sem que seja preciso dizê-las.

Copyright © 2022 Henrique Schneider
Representado por Villas-Boas & Moss Agência e Consultoria Literária

CONSELHO EDITORIAL
Gustavo Faraon, Rodrigo Rosp e Samla Borges
PREPARAÇÃO
Rodrigo Rosp
REVISÃO
Evelyn Sartori e Samla Borges (português)
María Elena Morán (espanhol)
CAPA E PROJETO GRÁFICO
Luísa Zardo
FOTOS
Andréa Schütz

**DADOS INTERNACIONAIS DE
CATALOGAÇÃO NA PUBLICAÇÃO (CIP)**

S358s Schneider, Henrique
A solidão do amanhã / Henrique Schneider.
— Porto Alegre : Dublinense, 2022.
128 p. ; 19 cm.

ISBN: 978-65-5553-070-4

1. Literatura Brasileira. 2. Romances
Brasileiros. I. Título.

CDD 869.937

Catalogação na fonte:
Ginamara de Oliveira Lima (CRB 10/1204)

Todos os direitos desta edição
reservados à Editora Dublinense Ltda.
Porto Alegre • RS
contato@dublinense.com.br

Descubra a sua próxima
leitura na nossa loja online
dublinense.COM.BR

Composto em MINION e impresso na LOYOLA,
em PÓLEN BOLD 90g/m², na PRIMAVERA de 2025.